MAESTRO

Cécile Balavoine

MAESTRO

ROMAN

MERCVRE DE FRANCE

À vous.

J'ai mesuré le temps autrement, de tout mon corps.

ANNIE ERNAUX,
Passion simple

Je suis amoureux de Mozart comme une jeune fille, et il faut à n'importe quel prix que je réussisse à le placer au-dessus de tous.

SØREN KIERKEGAARD,
Ou bien… Ou bien

INTROITUS

Je suis sortie trop tôt de ma nuit. Sans doute à cause du décalage horaire et des premières lueurs qui s'immiscent à travers les rideaux. Sans doute aussi à cause de l'interview, de la légère tension à l'idée de vous appeler, vous parler, vous poser des questions. Depuis la chambre d'hôtel, le bruit des sirènes, les hurlements de la ville, toute la tonalité de New York m'est restée familière, incrustée pendant une décennie dans la mémoire du corps. J'aime être à nouveau là. J'aime qu'être à nouveau là me soit tout aussi naturel que parfaitement étrange. Comme ce parfum de lys et de roses infusé dans la pièce par le bouquet posé sur la commode. Je mets un pied sur la moquette, l'autre. J'éprouve le mousseux de la laine et me recouche après avoir saisi l'ordinateur rangé dans ma valise. Les draps de coton blanc, fins, encore chauds de la nuit, caressent mes jambes relevées pour maintenir l'écran. Je m'adosse aux oreillers. Aussitôt je pianote votre nom. Je vous révise : votre naissance, vos débuts, vos sommets. Dans moins d'une heure, je devrai vous appeler. Nous aurions dû nous rencontrer mais il y a eu un contretemps. Vous êtes rentré plus tôt. Rentré à Londres quand je quittais Paris. Nos avions se sont croisés.

Sur l'écran, Wikipedia m'énumère vos hauts faits musicaux : les opéras, les orchestres, les solistes. Les villes aussi : Moscou, Tokyo, Sydney, Berlin. Salzbourg. Je me dis que c'est un fil, un infime lien déjà. Je regarde une photo, votre visage crispé, mais de joie semble-t-il, votre corps qui pivote, le poing gauche refermé, votre main droite avancée vers un orchestre que l'on devine sans le voir.

Et je repense à votre nom précédé du pompeux *Maestro* dans le message qui confirmait le rendez-vous téléphonique. *Le Maestro vous propose mercredi*, avait écrit l'attachée de presse. J'avais ri. Je m'étais imaginé vous saluant par ce titre. J'avais ri de vous et ri de moi, ri de l'aura désuète qu'il vous aurait conférée si je l'avais prononcé. Je m'étais promis de vous saluer sans fioritures, j'avais pensé *sans appogiatures*, vous dire bonjour tout simplement. Pourtant, ce matin de printemps, avant de vous appeler, je me demande comment vous aborder. Je me rappelle ces heures passées à faire semblant d'enregistrer des émissions sur mon magnétophone lorsque j'étais enfant. C'étaient toujours des musiciens que j'interrogeais, sur leurs tournées, leurs répertoires, les orchestres qu'ils dirigeaient, les rôles qu'ils chantaient. Des heures entières passées à cela. Je modulais ma voix lorsqu'il fallait répondre, prenant celle que j'imaginais être la leur. C'étaient des voix sûres d'elles. J'aurais voulu être eux. Maintenant je suis un peu tendue. Même si ce n'est pas la première fois, et que parmi les interviews réelles qui ont fait place aux interviews imaginaires, parmi les architectes, les femmes d'affaires, les conservateurs de musée, les musiciens, les diplomates, les artistes, les photographes que je rencontre pour un article, vous n'êtes pas le premier chef d'orchestre.

Il est à peine sept heures à New York, bientôt midi à Londres. Je compose votre numéro. Un silence. Trois sonneries. Votre voix. Je dis bonjour sans obséquiosité. Votre voix s'installe autour de moi. Sonore. Rassurante. Dans cette chambre d'hôtel aux rideaux entrouverts. Vous. Cette voix qui est la vôtre. Et aussitôt, à peine m'a-t-elle effleurée, à peine est-elle entrée dans mon corps qu'inévitablement, irrépressiblement, j'ai huit ans. Dans votre voix j'ai huit ans, Maestro… Et je ne sais pas pourquoi.

f

Un escalier de pierre serpente dans une tourelle dentelée. C'est le château d'Azay-le-Rideau, c'est l'été. Je cherche le rideau, il n'y en a pas. Quel drôle de nom pour un château. Je lève la tête, je plisse les yeux pour éviter le soleil, je regarde papa. Poings fermés, tête penchée en arrière, je le regarde et je sais qu'il va mal. Peut-être à cause de moi. Je ne sais pas. J'imagine. Il n'y a pas de mots pour ça, c'est mouvant, ça se pressent, ça se presse à l'intérieur de moi, je ne me souviens ni d'un avant ni d'un après. Seulement de la cour du château, des gravillons sous nos pieds, des jardins, des douves, du soleil et de papa dont le visage se crispe. Je me souviens aussi de ma question, *sotto voce*, à maman. *Qu'est-ce qu'il a, papa ? Qu'est-ce qu'il a ?* Elle me répond, *Il est malade à cause de toi*. Impossible. Aujourd'hui, je le sais, c'est impossible qu'elle me dise ça. Aujourd'hui, j'en suis sûre et certaine, elle le dit autrement. Mais voilà, le souvenir qui me reste est que je rends papa malade. Azay-le-Rideau, le rideau se lève, pas de retour en arrière, rien ne sera plus pareil : un bébé pousse à l'intérieur du ventre de maman. Je ne me souviens d'aucun mot, d'aucune phrase, ni de qui a parlé le premier, elle ou lui, comment ils me l'annoncent. Je pleure sans doute. Je crie peut-être. Je ne veux pas. Je ne peux pas. C'est ce qui inquiète sûrement papa. Mes pleurs, mes cris. Trop violent, trop brutal. J'avais imaginé notre vie tous les trois pour toujours, moi au milieu, dans les replis de leur amour.

J'ai de la peine. Veineuse, tendue, rouge et gonflée comme le cou d'un enfant en colère. Ce jour-là, je veux que nous restions trois.

La deuxième scène a lieu un an plus tard. C'est à nouveau l'été. La pelouse du jardin a jauni, elle est rase, j'aime qu'elle frotte le dessous de mes pieds, rêche quand je cours sous le cerisier qui ploie. Les iris sentent la chaleur, ils sont lourds, parfumés. Le roucoulement des tourterelles rend le silence encore plus triste. Tout semble vide. Pourtant, nous ne sommes plus trois comme à Azay-le-Rideau. Nous sommes quatre. Une petite fille est née. J'ai neuf ans. Je cours dans le jardin mais je ne crie pas. Je fais bien attention à courir sans un bruit car elle dort. L'après-midi, quand papa et maman s'effondrent de fatigue à l'intérieur de la maison assombrie par les volets repoussés, papa et maman éreintés de leurs nuits blanches auprès de l'enfant, et qui décrochent le téléphone pour qu'on ne les dérange pas, pour que l'enfant ne se réveille pas, quand la maison devient tombeau, je m'ennuie. Je m'ennuie dans tout ce vide, dans tout ce blanc. Pour me remplir, on m'offre un piano qui sent les copeaux de bois. Je m'enferme pendant des heures avec lui dans ma chambre, je le respire, je le hume. Ses touches sont lisses, je les caresse, comme les courbures du battant qui protège le clavier, doux, velouté par le vernis. J'aime son odeur, j'aime son toucher. Je l'abandonne seulement pour me pencher par la fenêtre, pour écouter les bouffées de vent dans les feuillages du vieux cerisier, les tourterelles qui se répondent d'un arbre à l'autre depuis les acacias, les thuyas. Le prunus. Il fait chaud. Il ne se passe rien. J'aimerais faire un voyage loin d'ici. Alors je joue sur le piano, en sourdine, pour ne pas réveiller l'enfant, je balbutie une sonatine sur le clavier, un allegro léger et sautillant, un allegro en do majeur qui s'égrène malhabilement sous mes doigts. C'est tant de joie, ces trois premiers accords qui font résonner toute ma chambre, les phrasés qui s'envolent, les triolets qui glissent et qui m'emportent au-delà du jardin, la partition bordée d'un liseré vert, baroque. Dessus, on lit le nom de *Wolfgang Amadeus Mozart. Wolfgang Amadeus Mozart.* Ce nom-là, je le répète dans ma tête, ça ne fait plus qu'un seul et très long mot, dur à dire, pareil qu'Azay-le-Rideau.

Volfgangamadéoussemozare, *Volfgangamadéoussemozare*, c'est le nom d'un génie, d'un *envoyé des dieux*, un nom d'*enfant prodige*. Comment découvre-t-on, enfant, qui est Mozart ? Qui me l'explique ? Je ne sais plus. Tout cela me paraît si ancien, comme s'Il avait toujours été présent. Je sais seulement qu'il y a la partition sur le piano et qu'il suffit de l'ouvrir, de la lire et de bouger les doigts pour que la chambre vibre, danse, pour arriver dans un ailleurs très lointain, et faire surgir *Volfgangamadéoussemozare*. Un autre temps, une autre époque. C'est merveilleux ce papier qui dessine une frontière, la frontière invisible, celle où habite l'enfant prodige, la double page, les doubles croches, les portées qui emmènent vers un endroit que l'on devine mais que l'on ne peut pas voir. Mes mains apprennent à se placer, se déplacer sur le clavier, elles tracent les notes du *plus grand musicien de tous les temps*.

C'est ce jour d'été où je cours pieds nus dans le jardin que j'entends la formule. Elle est nouvelle, je ne la connaissais pas. Formule magique que je viens d'entendre à la télévision : je regarde des dessins animés, et puis c'est la speakerine, elle dit, *Ce soir un téléfilm avec Michel Bouquet dans le rôle de Leopold, le père de Mozart*. Elle dit, *Le plus grand musicien de tous les temps*. Cela emporte tout : le passé, le présent, le futur. Les siècles des siècles. Aussitôt je me mets à courir, je ne perds pas une seconde, il faut que je leur dise à tous les deux, à papa, à maman, il faut qu'ils sachent, je veux regarder, je veux le voir, je veux savoir qui est vraiment celui dont le nom est écrit sur le cahier au liseré vert, ce nom posé sur mon pupitre, à mon piano, sur le papier de la partition. Wolfgang Amadeus Mozart installé dans ma chambre avec moi.

Ce jour-là, dans cette deuxième scène-là, je cours vers papa pour lui dire. Je ne sais même pas pourquoi cela compte autant, pourquoi je cours avec un tel élan, comme si c'était vital, comme s'il en allait de l'air dans mes poumons, je cours, je cours, je crie, mais en sourdine, dès que je le vois, la bêche plantée devant lui, dans la terre sèche de l'été, maman à ses côtés qui désherbe le jardin, je cours leur dire qu'ils doivent me laisser regarder, ce soir, ce film, ne pas me coucher aussi tôt que d'habitude, regarder l'histoire du petit garçon pareil à aucun autre, dont je ne connais que le nom et quelques sonatines.

Mais tout à coup, debout devant papa, je me mets à douter. Tout à coup, cela me traverse, c'est fulgurant. Je me souviens de ce qu'il a dit un jour, que c'était trop facile, trop évident. Aimer Mozart, comme les roses, le bleu du ciel, c'est trop facile, trop banal. Je sens dans ma poitrine la peur de décevoir papa. Encore. Il est trop tard de toute façon. Ma sœur est née. Il est trop tard. Le nom de Mozart vient de franchir mes lèvres.

f

Nous nous saluons. Votre voix me rassure. Je vous demande si je ne vous dérange pas, et vous riez en répondant que nous avions rendez-vous. Vous précisez que d'ordinaire vous refusez les interviews au téléphone, sans m'expliquer pourquoi cette fois vous avez accepté. Nous revenons sur notre contretemps, nous regrettons que nos avions se soient croisés, que nous n'ayons pas pu nous rencontrer. Je vous demande de me parler de vos voyages, de votre façon de voyager.

— Peut-être une anecdote ?

Vous me racontez New York. Vous dites que vous y venez souvent, qu'un jour, dans un parc, un jeune homme, en vous voyant passer, s'était mis à siffloter un air de l'opéra que vous dirigiez alors. Il vous avait reconnu. Cela vous a étonné.

— J'aime l'énergie de cette ville, c'est un peu un cliché, mais j'aime que tout le monde y soit un peu étranger et en même temps chez soi.

Je vous approuve en riant. Je vous raconte que moi aussi je connais bien cette ville où j'ai vécu longtemps, où j'ai fait mes études avant de devenir journaliste. Je vous avoue que mon reportage est un peu un prétexte pour revoir mon amie d'université. Je vous dis son prénom, Lise. Cela commence un peu comme une conversation. Vous me parlez du fleuve, de l'Hudson, sauvage et minéral. Vous dites que vous l'aimez, vous dites, *Comme la Tamise*. Et vous en venez à Londres, la ville de votre vie, votre piano, votre bureau, votre havre. Votre respiration. Vous évoquez vos débuts, votre carrière, vos concerts à travers la planète. Vous dites que vous aimez le temps suspendu des voyages, un temps où l'on ne vous atteint plus. Vous dites aussi qu'autrefois vous n'aimiez pas prendre l'avion. Autrefois vous aviez peur. Puis un jour, vous ne savez pas pourquoi, en regardant le bleu du ciel, la peur a disparu. Vous prononcez des mots très beaux. Les mots *ivresse*, *lumière* et *plénitude*. Je vous écoute les prononcer lentement, dans un accent à peine audible. J'essaie de vous imaginer. Loin, très loin par-delà l'eau, et votre voix pourtant si proche. Tout est vide, blanc autour de votre voix. Vous dites, *Vous ne pouvez pas savoir, lorsqu'en avion je regarde le ciel, sa pureté, sa beauté presque irréelle, j'en ai parfois les larmes aux yeux.* Et je ferme les miens. Vous me parlez de vos larmes et je ferme les yeux. Quelque chose bouge en moi. Je pense un instant à Tristam, ses larmes à lui après notre rencontre. Je vous écoute. Vous ne pouvez pas savoir à quel point je vous écoute. Et soudain j'ai envie de vous serrer. Brutalement. De vous serrer dans mes bras alors que je ne vous connais pas.

Autour de moi la chambre baigne encore dans la semi-pénombre, malgré la fine lame de lumière qui filtre à travers les rideaux. Je pose une main sur le drap blanc, tente de trouver les mots. Il faut puiser au plus profond de moi pour continuer à vous interroger sur vos prochains concerts, les œuvres, les orchestres que vous dirigez. Un bref silence. Vous reprenez. Je sens en vous la puissance de travail, une vie rivée à la musique. Je vous demande si vous connaissez bien les villes où vous vous produisez. Vous répondez que non. Faute de temps, me dites-vous, d'envie d'abandonner une partition pour un musée. Sauf quand votre famille vous accompagne. Vous me parlez de vos filles. De votre femme. En moi, un léger vacillement. Je perçois votre souffle. Il me donne l'impression de vous sentir et presque de vous voir. Vous répétez encore les mots *ivresse* et *plénitude*. Votre voix m'évoque une main qui lisserait une étoffe. Je vous fais remarquer que votre accent est si léger qu'il en est presque imperceptible. Je vous demande pourquoi. Vous me parlez de votre père anglais, de votre mère française. Vous dites que c'est à elle que vous devez cette fluidité, à votre mère revenue vivre à Paris depuis la mort de votre père il y a de longues années. J'attends que vous me parliez de Salzbourg. Mais vous ne m'en dites rien. Alors je vous demande si vous aimez cette ville. Vous hésitez un court instant.

— Elle est un peu tournée vers le passé, vous ne trouvez pas ?

— Cela vous dérange ?

— Cela me fait sourire de voir les femmes arriver au concert dans leurs costumes traditionnels.

— Vous voulez dire en Dirndl ?

Vous riez brièvement.

— Vous connaissez Salzbourg ?

J'hésite un court instant.

— J'y retourne chaque été.

— Vous y *retournez* chaque été ? Mais vous êtes snob !

Je pousse un cri, je proteste. Vous riez. Vous devinez que je n'y vais pas pour les mondanités, pour le champagne et les belles robes, vous l'avez bien compris. Nous rions. Depuis les premiers mots, je sens bien que nous rions. Qu'en nous un long rire silencieux se déploie.

— Mais moi aussi je mets une Dirndl pour aller au concert. C'est ma façon… de retrouver Mozart.

Je dis la phrase à toute vitesse. Je regrette aussitôt. Vous allez vous moquer. Mais vous dites simplement :

— Moi, c'est dans le monde entier que je le retrouve.

Je vous souris même si vous êtes très loin et que vous ne pouvez pas me voir. Je n'ai plus peur. Je vous parle de la maison dont je rêve à Salzbourg, verte et blanche comme le printemps au milieu de la campagne, près du village d'Anif. Vous rétorquez que c'est le village de Karajan, et il me semble que nous pourrions parler ainsi longtemps. Des heures entières sûrement.

— J'aimerais vous demander…

— Dites-moi.

— Est-ce que j'aurais dû vous appeler *Maestro* ?

— Pourquoi ne pas m'appeler par mon prénom ?

Le sang monte à mes tempes. Si fort que vous pourriez l'entendre battre. Vous reprenez :

— Vous savez, le mot *maestro*, ce n'est pas pour être prétentieux. Au contraire. Dans un orchestre, pour ne pas froisser les gens à qui l'on demande devant tout le monde de modifier leur façon de jouer, on dit simplement *Première Flûte*, *Deuxième Violon*… Les musiciens se sentent moins critiqués, moins menacés, cela rend les choses moins personnelles. Pour le mot *maestro* c'est pareil. C'est une façon de ne pas avoir à prononcer un nom.

Je dépose le crayon à l'intérieur de mon cahier, à la page où j'ai écrit *Ça me fait sourire de voir les femmes arriver dans leurs costumes traditionnels*. Ce que vous allez dire à partir de maintenant ne sera que pour moi.

Discrètement, vous évoquez la solitude du chef, celle que l'on ne devine pas. Vous m'expliquez la distance calculée avec les musiciens, peut-être la retenue. Ma main lisse le drap blanc. Je n'écris plus, je ne prends plus aucune note. J'écoute votre voix chaude qui s'écoule entre deux continents. Vous êtes loin. Ça ne fait rien. Je vous imagine. Je dis :

— Le temps passe, je ne veux pas vous retenir.

— Vous ne me dérangez pas.

— Mais j'ai un autre rendez-vous. Je suis confuse.

— Alors c'est vous qui me congédiez ?

— Un peu…

Vous riez.

— Est-ce que je vous ai tout dit ?

— Pas tout. Beaucoup.

— J'ai l'impression que ça n'était pas une interview, Cécile…

Nous nous taisons. Mon prénom dans votre voix. Mon prénom sur vos lèvres.

J'attends.

J'écoute votre respiration. Vous hésitez. J'attends. Peut-être m'inviterez-vous à un concert. À Paris si vous y dirigez un jour. Mais vous ne me dites rien. Vous ne me proposez rien. Sur la table de nuit, le réveil indique qu'il est presque neuf heures. Je suis en retard. Lise patientera. Des mois depuis que nous nous sommes vues. Depuis l'été. Je reste assise au bord du lit à vous attendre. Nous allons raccrocher. Et puis vous demandez une dernière fois si vous m'avez tout dit. Peut-être que vous aussi vous attendez. Je réponds que j'ai besoin d'une photo. Votre photo pour la publication. Vous dites, *Écrivez-moi pour me le rappeler, je vous en enverrai quelques-unes, vous choisirez.* Vous me dictez votre adresse. Et puis nous raccrochons.

Tout est vide. Et à nouveau tout est souvenir.

f

C'est une sensation vague, informe, hors du langage. L'impression de deviner pourquoi papa a voulu fabriquer une autre fille. Je l'observe, minuscule dans sa couveuse, son petit corps sorti trop tôt du ventre de maman. Une fille qui me répare. Un germe de moi en mieux. En apparence je suis normale : j'ai des jambes, j'ai des bras, un nez et une bouche, je suis entière, *Je t'ai faite entière,* me dit souvent maman, fière de ne pas en avoir oublié un morceau. Je suis entière du dehors. Mais dedans ? Dedans, j'en suis certaine, quelque chose ne va pas. Sinon papa n'aurait pas eu besoin de fabriquer une autre fille. Un jour, il avait dû s'en rendre compte, que je n'étais pas complète, pas assez. Il n'avait certainement pas vu tout de suite. Sinon il me l'aurait posée depuis longtemps, la question, celle qu'on entend partout, dans les autres familles, chez mes cousines, chez mes copines, *Tu préfères quoi ? Un petit frère, une petite sœur ?* Un jour, la question pas posée ne se pose plus, ça bouge à l'intérieur du ventre de maman. Bientôt, il y a ce petit corps. Ma petite sœur que je regarde sans pouvoir la toucher, dans sa couveuse, le jour de sa naissance. J'avais imaginé une grosse poupée avec des cheveux qu'on coiffe, de grands yeux bleus et des cils noirs. Mais c'est un corps tout frêle que j'aimerais embrasser et que je vois derrière une vitre. Un corps fragile venu pourtant me réparer.

Cet été 1982, alors que ma sœur fait la sieste, c'est à Lui que je pense. Le film se rejoue dans ma tête, je revois des images du petit garçon grandi trop vite et qui sait jouer du violon sans qu'on lui ait appris, qui retranscrit le Miserere secret de la chapelle Sixtine après ne l'avoir entendu qu'une seule fois. Il joue du piano les mains cachées sous un linge blanc à six ans, Il compose des opéras à douze ans, et finalement Il se marie à Vienne, durant l'été 1782, avec Constanze. Un beau prénom. Une drôle d'année. L'année ne m'échappe pas. 1782. 1982. Les dates parlent. Ce n'est pas un hasard. Cela ne peut pas être un hasard. Lui aussi, *Il* me parle. J'en suis sûre et certaine. Pourtant je sais encore si peu de Lui et je veux tout savoir, tout entendre. J'achète un premier disque. Je choisis le Requiem. Peut-être à cause du nom si solennel et mystérieux. Ou bien pour la pochette avec un ange en bois sculpté.

C'est donc par la fin que je commence. Par l'œuvre ultime, l'inachevée. Le Requiem. Je l'écoute si souvent qu'il me serait impossible, aujourd'hui, de me remémorer la première fois. Je sais seulement que je n'ai pas peur. Le calme déchirant des toutes premières mesures ne m'effraie pas. Ni les cordes et les cors en longues plaintes traversées soudainement par la violence des trombones. Je n'ai pas peur en écoutant la fugue sévère du Kyrie eleison ou bien les voix implorantes, *donne-leur, donne-leur le repos éternel.* Sans doute parce que, comme tout enfant, sortant à peine de ce néant qui s'éloigne en se rapprochant toujours plus, je sais d'instinct que c'est de là que nous venons. Que c'est vers là que nous tendons. Dans cette musique, je reconnais que la mort sera belle, et qu'elle sera vivante.

Un jour, alors que je suis seule à la maison, peut-être qu'ils sont sortis tous les trois pour une promenade, je fouille dans la bibliothèque, je trouve une biographie de Mozart. Personne ne l'a jamais ouverte. Les pages sont encore propres, elles sentent le papier neuf. Peut-être qu'on l'a achetée pour moi. C'est une édition rouge, en cuir. L'auteur s'appelle Marcel Brion de l'Académie française. J'ai honte en lisant la préface où il raconte qu'il a bien hésité avant d'écrire son livre parce qu'*On ne touche pas à Mozart.* Parce que *Mozart, c'est sacré*. J'ai chaud dans la gorge, sur les joues, je voudrais disparaître, moi qui parle à Mozart, depuis l'été du film, qui pense à Lui et Le tutoie. Pourtant, Il est bien là, Mozart, assis sur le pupitre du piano, je Le sens, je Le devine. Marcel Brion de l'Académie française ne le sait peut-être pas : Mozart vit dans ma chambre.

Peut-être que mes parents le savent, eux. Un peu du moins, puisqu'un jour de la Sainte-Cécile, ils m'offrent le premier volume de la correspondance de la famille Mozart. Pendant cinq ans, peut-être plus, à chaque 22 novembre, ils m'en offrent un nouveau. Je lis les premières lettres écrites par Leopold et j'apprends qu'à six ans Wolfgang fait son premier voyage à Vienne. À sept ans, avec toute sa famille, Il découvre Munich, Mayence, Francfort, Bruxelles, Paris. Papa me dit qu'Il a forcément traversé notre village, à cause de la grand-route, une ancienne voie romaine qui à l'époque était la seule à mener de Bruxelles à Paris. *C'est le chemin*, dit papa. Et cela me semble insensé que Mozart ait pu passer ici, devant notre jardin. Je L'imagine. Je pense aux traces infimes de sa présence qui flottent peut-être encore dans les grands arbres et dans l'air qu'on respire.

Que savent mes parents de tout cela ? Savent-ils que les images qui m'animent au plus fort sont aussi les plus lugubres, les plus macabres ? L'inconnu à longue cape qui commande un requiem et disparaît dans une ruelle mal éclairée ? La main tremblante de Mozart travaillant jusqu'au bout sur sa messe restée inachevée ? Son corps abandonné au fond d'une fosse commune ? Je demande à papa ce qu'est la chaux vive dont je lis qu'on en avait versé sur le corps de Mozart après son enterrement. À quoi ressemblent ces cadavres entassés, dormant dans leurs linceuls, serrés les uns aux autres dans une dernière étreinte et brûlés par la chaux ? Je lis aussi que Mozart, sa vie durant, avait cherché à être aimé, qu'Il voulait l'être totalement, de manière obsédante. Il faut donc réparer cela, L'aimer après sa mort, L'aimer à la place de tous ceux qui n'ont pas su le faire lorsqu'Il était vivant.

Un soir, au fil de mes lectures, je découvre que Constanze s'est remariée après la mort de son mari. Avec un diplomate danois, Georg von Nissen, l'un des premiers biographes de Mozart. N'est-ce pas étrange de devenir le biographe de celui qui partageait avant soi le lit de sa femme ? Ou bien Nissen avait-il épousé Constanze *parce qu'il* voulait devenir le biographe de Mozart ? Ce soir-là, je n'arrive pas à dormir. J'y pense. Tous les soirs, pendant des semaines, j'y pense en pleurant. Wolfgang abandonné. Constanze qui ne L'aime plus. Constanze en aime un autre. Comment peut-on vouloir porter un autre nom que celui de Mozart ? Je me retourne dans mon lit, je retourne cette histoire dans ma tête. Longtemps, pendant des semaines, elle s'enroule, se dévide. Et puis un autre soir tout devient évident. Si simple, si transparent mais si immense que je n'ose pas le formuler. Je n'ose pas mais mon cœur bat si vite. Tout se noue, tout se dénoue. Depuis mon lit, je ris dans mes larmes. Je sais. Je comprends. Tout devient calme et clair. Constanze s'est remariée. Je sens mon cœur qui frappe dans ma poitrine, qui frappe, qui frappe. J'ai chaud, j'ai peur d'une peur qui donne envie de courir à bras ouverts. Wolfgang… Oh non, je n'ose pas y penser… Wolfgang… mais si… Wolfgang est libre puisque Constanze a épousé un autre homme. Voilà mon grand secret : par-delà la mort, par-delà les siècles, je vais me marier avec Lui.

Je veux donc voir Salzbourg, puisque c'est là qu'Il est né. Je veux savoir. Connaître la ville d'où Leopold écrit, le 9 février 1756, à l'éditeur qui publie son *École de violon*, « Par ailleurs, je vous annonce que le 27 janvier, à 8 heures du soir, ma femme a heureusement accouché d'un garçon. Mais il a fallu lui retirer le *placenta*. Elle a ensuite été étonnamment affaiblie. Aujourd'hui (Dieu soit loué), la mère et l'enfant se portent bien. Elle vous adresse à tous deux son bon souvenir. Notre fils s'appelle Joannes Chrisostomus Wolfgang Gottlieb. » Leopold annonce cette naissance à la va-vite et à la fin de sa lettre. En février 1756, comment aurait-il pu savoir que son septième enfant vivrait ? L'hiver, les enfants mouraient. Des six qui étaient nés avant Joannes Chrisostomus Wolfgang Gottlieb, seul un avait vécu : Nannerl, sa sœur aînée de cinq ans.

Avant sa naissance, j'avais parfois souhaité que ma sœur n'arrive jamais. J'avais imaginé que si elle arrivait, nous tomberions ensemble dans l'escalier, que son petit crâne se fracasserait en mille morceaux, que tout redeviendrait comme avant. Et puis elle était née et je l'avais aimée. J'avais eu honte de cette pensée. Mais peut-être que toutes les sœurs avaient eu cette pensée. Peut-être que Nannerl aussi avait souhaité que son frère n'ait jamais existé. Le 20 août 1763, Leopold écrit de Francfort : « Wolfgang est extraordinairement gai et un peu polisson. Nannerl ne souffre plus de la comparaison avec son frère car elle joue si bien que tout le monde parle d'elle et admire sa virtuosité. » Respiration. Nannerl aussi avait dû y penser.

f

Nous avons raccroché. C'est le silence malgré les sirènes et les sourdes rumeurs de l'avenue. Je reste assise un moment sur le lit. Je suis en retard. Je me fais violence pour m'habiller. Je vais retrouver Lise, essoufflée et en sueur. Tristam m'a envoyé plusieurs messages auxquels je n'ai pas répondu. Je souris en les trouvant, je lui écris à la hâte que je pense à lui, qu'une interview m'a retenue plus longtemps que je ne l'avais prévu. Presque deux heures pendant lesquelles vous vous êtes raconté. Je ne pensais pas que vous me parleriez aussi longtemps, que vous et moi nous parlerions aussi longtemps. Je vous ai même confié que je venais d'avoir quarante ans. Quand je vous l'ai dit, vous vous êtes écrié, *Quelle chance!* Moi j'ai pensé, *Je suis vieille!* Et aussi, *Cela fait trente et un ans que j'aime un mort.* C'est à cause de vous. À cause de vous, Maestro, que je repense à Lui, à ce mort, le vôtre, le nôtre. Celui de tous les autres. L'aimer est si banal. Si singulier aussi. Intime. Voilà, je me suis dit que nous aimions le même mort, que c'était tout à fait banal et tout à fait intime. Bien sûr, je ne vous ai pas avoué qu'il y a trente et un ans, je m'étais mise à L'aimer comme on aime un vivant. Vous auriez ri sans doute. Ou peut-être que non. Peut-être que vous n'auriez pas ri si je vous avais expliqué qu'Il s'était collé à moi comme un suaire invisible, comme un suaire épouse la peau, se mêle à sa substance et la protège de ce qui bruisse et menace au-dehors.

Lise me fait signe depuis le quai. Je reconnaîtrais sa silhouette entre mille, ses cheveux noirs qui ondulent et son regard qui saisit tout. Je l'embrasse en m'excusant. Je vous blâme. Elle rit. En retard à cause d'un chef d'orchestre. Et je repense au soir pluvieux d'il y a quinze ans, le soir de printemps où nous nous étions rencontrées. Nous partagions depuis des mois le même bureau à l'université mais je n'osais pas lui parler. Je la sentais lointaine, je lui sentais une vie ailleurs. Nous nous étions croisées souvent sans jamais rien nous dire. Quelques bonjours et des banalités. Et puis un soir, il avait plu. Nous entendions l'eau battre le toit. Dans le bureau, à une patère, était accroché un vieux parapluie rose, fané. Et c'est ainsi que nous étions rentrées ensemble ce soir-là jusqu'au métro, bravant le ridicule du rose fané et des volants jusqu'à la station de Union Square, bras dessus bras dessous. Je ne sais plus laquelle de nous deux avait gardé le parapluie. Je sais seulement que ce soir-là, nous avions marché ensemble et que j'avais aimé la fantaisie, l'humour cinglant de Lise. Quelques jours plus tard, nous nous étions revues après un cours. Plus de quinze ans se sont écoulés depuis. Et ce matin, nous nous retrouvons après des mois. Ce bref reportage à New York, un prétexte pour nous voir, comme autrefois lorsqu'on se rejoignait dans des cafés de Soho ou sur le canapé du grand salon d'un professeur absent dont je sous-louais l'appartement. Depuis le douzième étage, le soir, assises sur le rebord des fenêtres, nous regardions les tours jumelles s'illuminer au-delà de Tribeca, dans l'enfilade des escaliers métalliques qui s'élevaient au-dessus des rues pavées. Sur Houston Street, des filles slalomaient en rollers sur la chaussée, derrière les taxis jaunes auxquels elles s'accrochaient parfois. Nous commentions leur style et les progrès de la publicité géante que des hommes dans une nacelle peignaient depuis des semaines sur une façade en brique. Visage monumental de femme vantant les vertus d'un alcool. C'était l'époque où Lise venait de rencontrer Joshua, mais nous dînions quand même toutes les deux chaque semaine. Toujours dans le même restaurant, au croisement de Greene Street et de Charlton, sous une verrière éclairée aux bougies, en buvant des bières thaïes. Je lui parlais de ma vie d'avant, de ma famille. Elle m'écoutait attentivement, elle connaissait par cœur les histoires, les personnages, elle était inlassable, incollable, je me demandais comment elle pouvait faire pour tout retenir, pour ne rien oublier. Et je la découvrais en creux car elle était secrète.

Ce matin, nous nous retrouvons sur le quai, sans effusions malgré la joie qui nous anime, Lise n'aime pas les retrouvailles épanchées, je ne la serre pas dans mes bras, je l'embrasse comme si je l'avais vue la veille. Nous nous installons sur les banquettes jaunes et orange du F Train en direction du Queens. Cela fait des mois qu'elle m'en parle, de ce spa coréen, et qu'elle fait des mystères. Elle dit que c'est une surprise, que je comprendrai quand je verrai. Dans le métro, je lui raconte le mot *maestro*. Je repense à l'interview, si loin de la demi-heure réglementaire, des questions et des mercis, de la promesse rituelle d'envoyer un magazine à sa sortie, des dernières politesses, et puis du téléphone que l'on raccroche avec un grand soupir de soulagement et du trait que l'on tire au stylo sur le nom de la personne, dans la liste des choses qu'on devait faire ce jour-là. Je n'ai pas rayé votre nom. Je l'ai souligné, Maestro.

— Et quand est-ce que tu repars en reportage avec Tristam ?

— La semaine prochaine. À peine le temps de rentrer. Deux nuits à Paris et on s'en va.

— Tu es contente ?

— Impatiente !

— Fais attention quand même, ma Cécilette, tu ne peux pas l'attendre indéfiniment. Qu'est-ce que tu vas devenir ?

— J'essaie d'avoir confiance. De lui laisser encore du temps…

— Donne-lui plutôt un ultimatum !

Nous parlons de Tristam. De sa sollicitude et de la complicité. De l'évidence et de la fluidité. De l'espoir d'avoir enfin trouvé le véritable compagnon, après toutes ces années. Nous évoquons aussi la peur qu'il n'ait jamais la force de quitter celle qu'il prétend ne plus aimer.

— Il faut aussi t'y préparer.

Je souris tristement. Mais avec Lise, rien ne pèse, tout glisse. Depuis le soir du parapluie, elle est mon attache, solide et légère, ancrée sans pesanteur. Plus encore lorsqu'elle est devenue mère. Comme si elle m'avait arrimée à ses enfants.

Nous arrivons au spa. De l'extérieur, c'est un château clinquant au beau milieu d'une rue discrète du Queens. À l'intérieur, cinq étages de saunas, de hammams, de piscines. Une hôtesse nous distribue des serviettes roses. Elle nous rappelle qu'on doit se baigner nues. J'hésite à pénétrer dans l'atmosphère vaporeuse, sous les regards des autres femmes, éprouvant sous mes pieds le glissant et l'humide, les aspérités anguleuses du carrelage. Autour de nous, des corps. Certains gracieux et épilés, d'autres lourds et moins soignés, fripés par les ans. Nous plongeons dans un bain chaud en observant, en commentant ces corps. Devant nous, des femmes se frottent les épaules, se jettent des baquets d'eau, rient ou grimacent au contact du froid. Une estampe coréenne. Lise me raconte que Malka, sa fillette de onze ans, aime déjà venir ici malgré la nudité. Malka est désormais une petite femme, elle apprécie les soins qu'on accorde à son corps. Nous évoquons l'époque où nous avions onze ans, nos émois, les amours qui commençaient, la conscience naissante de nos beautés et de nos disgrâces, les plaisirs et les peines dans tout cela. Ici le temps s'étire, le temps est en suspens. Il est peut-être déjà tard. Il est peut-être encore très tôt. C'est un temps sans contours.

Je ferme les yeux. Je n'entends plus que les mouvements de l'eau et ces sons étouffés, sous-marins, qui m'évoquent les baignades de l'enfance. Une sensation étrange. Comme si mon corps était pesant et aérien, lourd et flottant à la fois, inexistant et infiniment large. Mes yeux fermés sont traversés par des lueurs rosées, des éclairs de couleurs, des aurores boréales. Et soudain, sous mes paupières humides, d'abord lointain, spectral, puis d'une netteté spectaculaire, je distingue un visage. Un visage masculin.

Parfaitement étranger. Parfaitement familier.

f

J'ai onze ans. Nous roulons dans la camionnette blanche dont le moteur peine en montagne. Ma sœur tient debout maintenant. Elle porte une robe sans manches à minuscules fleurettes. Elle pleure, elle babille, elle a trop chaud, nous sommes assises toutes les deux à l'arrière, sur la banquette en skaï. Avant les grandes vacances, papa et maman m'ont annoncé la bonne nouvelle : enfin nous irons à Salzbourg. Un jour de juillet, nous arrivons. Nous avons traversé la Forêt-Noire, de Stuttgart jusqu'au lac de Constance, passé la frontière autrichienne aux environs de Bregenz. Nous avons roulé, roulé longtemps. Mon premier grand voyage. Et puis papa déclare que nous sommes bientôt arrivés. Je me redresse sur la banquette, le cou tendu pour tout voir. J'ai tellement patienté. Deux ans dans une vie de onze ans, c'est une éternité. La voix de papa tout à coup retentit, sans doute à l'instant même où il voit le panneau. 10, 9, 8, 7, 6, le compte à rebours jusqu'à SALZBURG. 0.

Nous garons la camionnette blanche et aussitôt nous repartons à pied, nous arrivons dans la ville en traversant les jardins Mirabell aux parterres étonnants de couleurs, puis la Salzach, dont l'eau est opaque et verte comme un lait à la menthe. De l'hôtel Sacher sortent en fin d'après-midi les festivaliers en longue robe, en smoking, dans des parfums qui étourdissent. Nous prenons le pont à l'endroit où se dresse aujourd'hui la statue de Karajan, éberlués, suivant d'instinct les *belles toilettes* comme dit maman, des *toilettes* qui tombent jusqu'aux pieds. La vision nous paraît saugrenue, féerique, nous qui venons de passer des heures dans la voiture étouffante. Nous qui venons de nous installer dans un camping, des bohémiens, un peu comme les Mozart, car eux aussi, c'est sûr, auraient fait du camping s'ils avaient pu, pendant leurs voyages en Europe. « N'avez-vous pas essayé de déménager de l'auberge chez un particulier où la pension soit moins chère ? » écrit Leopold, depuis Salzbourg, à Wolfgang et sa mère en voyage, un jour de l'année 1777.

Ma sœur est grognon, maman en sabots, dans sa robe noire à motifs de poissons qu'elle gardera plusieurs étés, papa sans doute dans un polo de couleur vive, moi dans mes sandalettes (je n'aime pas ce mot qui sonne l'effort de la marche sur l'asphalte) et dans un jean un peu serré. Nous laissons passer les belles dames en habit de gala, nous les suivons sans nous en rendre compte. La ville est fardée, elle aussi, pleine de fanions qui flottent sur le pont principal et devant le Festspielhaus, là où ont lieu les concerts, où les badauds attroupés dévorent des yeux les élégants qui descendent de voitures. Dans les vitrines, des portraits grandeur nature d'Alfred Brendel, de James Levine, Christa Ludwig, Dietrich Fischer-Dieskau. Nous trouvons cela étrange, ces musiciens dans les vitrines, les bijoux, les vêtements, les chocolats. Nous suivons la foule. Soudain c'est *là*. Au milieu d'une ruelle où l'on entend mille langues, où des enseignes d'antan luisent au-dessus d'un champ de têtes, de shorts et d'appareils photo. C'est *là*. *Mozarts Geburtshaus*. La maison natale de Mozart est jaune. À une fenêtre du dernier étage flotte un long drapeau rouge et blanc aux couleurs de l'Autriche. Nous entrons sous le porche et prenons l'escalier à fine rambarde métallique. Je la touche pendant toute l'ascension, dans l'espoir qu'une trace de *sa* main s'infiltre dans la mienne.

Cette nuit-là, malgré le camping, la camionnette où nous dormons entassés tous les quatre, l'air est d'une densité rare, stratifiée, comme si les siècles se pénétraient les uns les autres. *Le plus grand musicien de tous les temps*. Je reste éveillée, je pense à Lui, comme si je Le respirais et qu'Il était tapi en moi, à la fois minuscule et gigantesque. Et puis il y a cette certitude, bizarre, inexplicable, qu'être ici est évident, nécessaire. Les maisons de couleurs et les ruelles étroites, les places et les chapelles, les fontaines, les statues, les églises, je les connais déjà. Je ne suis jamais venue ici, et pourtant elles me sont familières. Cela ne m'étonne même pas. Sans doute est-ce là un attribut de l'enfance : la vie est si nouvelle, si surprenante, que rien ne semble invraisemblable.

Le lendemain, je demande à revoir la maison de Wolfgang. Nous ne sommes là que deux jours, autant tout prendre et s'imprégner pour des années. Est-ce que je reviendrai ? Je ne peux pas le savoir. J'ai onze ans, comment savoir ? Papa et maman me proposent d'y retourner seule, ils m'attendront en bas avec ma sœur, en mangeant une glace à la terrasse du café qui existe toujours, près de l'arche qui ouvre sur les quais de la Salzach. J'y vais sans eux, je suis fière de remonter seule l'escalier. Sous la voûte blanche et fraîche, mon cœur se met à battre vite, je tiens la rambarde à pleine main jusqu'au premier étage. En haut, la porte est grande ouverte. Je retrouve le poêle carrelé autour duquel on s'asseyait autrefois pendant l'hiver. Et les tableaux aussi : celui de Leopold, celui d'Anna Maria, de Nannerl, de Wolfgang dans leurs costumes d'apparat, ceux qu'ils portaient devant les princes et les impératrices des plus grandes cours d'Europe. Ils me regardent dans les yeux. Ils me font un peu peur. Je m'approche de Wolfgang, plus jeune que moi dans son habit de soie violette. Sa tête ronde est coiffée d'une perruque, sa main glissée sous un gilet brodé. Son regard aussi est rond, bleu pur, son sourire malicieux, il a les yeux qui rient. Près du pianoforte piétine un groupe d'Anglaises. Je veux passer dans l'autre pièce afin de les éviter. Mais à cet instant-là, leur guide s'approche de l'instrument, il décroche la cordelette de velours rouge qui en défend l'accès. Je le regarde retirer la plaque de plexiglas qui protège le clavier aux touches d'ivoire et d'ébène. Soudain je me fige. Un feu d'espoir s'allume à l'intérieur de moi. Une ignition à la vue de cet homme qui s'installe et qui d'un geste net attaque quelques accords. Pourquoi lui, pourquoi lui ? Soudain je sais. À cet instant, comme si cela m'était dicté, comme si on me parlait, je retourne dans la pièce des portraits, religieusement, silencieusement je m'incline, je les supplie un à un. Je suis guidée par une force invisible qui fait tout battre en moi, d'espoir et d'émotion. Je prie Leopold, Anna Maria, Nannerl, Wolfgang pour que mon vœu s'exauce, pour que leur volonté soit faite. Dans leurs regards, je lis l'approbation et la bénédiction. Ils se mettent à sourire comme si tout cela avait été prévu. Je retourne maintenant dans la pièce où joue l'homme. Mon corps entier me pique et se raidit, mon souffle est court, le sang afflue à mon visage dans l'attente de la grâce. Je ne connais pas l'allemand, je ne connais pas l'anglais, ma bouche reste muette mais tout mon corps parle à sa place, comme si j'étais accompagnée d'une aura prodigieuse qui s'exprimait sans mots. Une rumeur monte parmi les dames anglaises, elles trépignent, s'écartent sur mon passage. On dirait que les gens réunis dans cette maison, morts et vivants se comprennent. Un fluide très dense sature la pièce. L'homme s'interrompt au milieu du morceau, il se lève en souriant, il se tourne vers moi dans une manière de révérence, comme si j'étais tombée du ciel et qu'il s'y attendait. Les dames anglaises palpitent, elles disent *lovely*, *lovely* tout en battant des mains. Cela va très vite. D'un geste large l'homme me désigne son siège, tout va vraiment très vite, maintenant je suis assise face au clavier, tremblante, je ne peux plus respirer tant l'émotion m'étreint.

Mes doigts se posent doucement, respectueusement sur les touches. Mes mains s'unissent aux siennes. Nos mains se rencontrent par-delà les siècles, nos chairs s'effleurent et se caressent. Nos mains se rejoignent et s'épousent à travers la sonatine que je connais par cœur, les trois premiers accords de l'allegro dansant que je joue prestement, le petit andante si tendre. C'est la rencontre, l'union sensuelle, spirituelle, merveilleuse, avec l'Homme. Miraculeuse. Impossible.

Je redescends l'escalier en courant. Il est en moi maintenant pour les siècles des siècles. Je cours à en perdre le souffle, je cours et crie à pleins poumons, *J'ai joué sur le piano de Mozart !*

f

En revenant du spa, nous sommes très lasses. Pourtant, avant de rentrer, en sortant du métro, à Columbus Circle, Lise m'entraîne dans le lobby de marbre de l'hôtel Mandarin, puis dans l'ascenseur qui nous emmène au 35e étage. C'est dans ce bar qui surplombe Central Park que nous fêtons depuis longtemps les événements de notre vie. Nos diplômes, le premier poste de Lise, mon départ de New York, la naissance de Malka puis celle de Noam, cette fois nos retrouvailles, mes quarante ans. Nous nous enfonçons dans la moquette épaisse et l'atmosphère feutrée où l'on n'entend que les voix flûtées des hôtesses et le bruit des glaçons qui s'affaissent dans les verres. Depuis la baie vitrée, nous observons les passants miniatures qui jaillissent de la bouche de métro au centre de la place, sous l'éclairage jaune et poudré des lampadaires du parc. Nous plongeons dans les sofas profonds comme des fillettes qui sauteraient sur des lits.

— Tu veux un mojito au gingembre ou un mojito au basilic ?

— Les deux, pourquoi ?

Nous commandons en riant. Je pense à Mme Sharpson, dont on verrait presque l'immeuble au-delà du parc. C'était une dame très distinguée, une mélomane qui nous offrait du thé et améliorait de quelques billets notre quotidien d'étudiantes lorsque nous venions lui parler français. J'aimais son univers de femme du monde, ses tableaux de maître et les conseils de sa grand-mère, qu'elle me répétait souvent, *Tombez amoureuse, mais d'un homme fortuné*. Je haussais les épaules en lui disant que ça ne comptait pas. Elle répondait que j'étais naïve.

— Tu l'as revue ?

— J'aimerais bien mais je n'ai jamais pris le temps.

— Je me demande ce qu'elle devient…

— Toujours la même, je lis souvent des articles sur elle dans le *New York Times*. Tu devrais aller la voir.

— Mais j'ai une interview. Peut-être l'après-midi. Tu viendrais avec moi ?

— Je ne peux pas. Je n'ai pas encore rédigé une seule ligne de ma conférence pour samedi en Floride.

Il est tard quand nous passons, joyeuses et grisées, devant Carnegie Hall. Je ne pense même plus à vous. Ce n'est que le lendemain, au réveil, que je me souviens de vous écrire un mail au sujet des photos dont nous avons parlé.

Mais je suis en retard au rendez-vous de la femme d'affaires. Encore une interview. Pourtant, ce reportage à New York ressemble à des vacances tellement la ville m'est familière. Aussi parce que cette fois je suis seule, sans photographe. Alors que d'ordinaire, je pars accompagnée. Très souvent de Tristam.

Ce matin, je m'engouffre dans le métro. La ligne 2 comme autrefois. Toujours les mêmes sièges en plastique, la même voix féminine lorsque les portes se referment, *This is a Brooklyn-bound 2 Express Train*, puis celle d'un homme faussement enjoué, *Stand clear of the closing doors, please*. À la station Times Square je change pour le Shuttle, arrive à Grand Central, happée par la marée humaine, sous la voûte céleste de la gare, le tracé doré des signes du zodiaque. Dans ses bureaux, la femme d'affaires m'accueille, hissée sur des talons, les cheveux noirs lissés, un long sautoir au cou. Nous prenons un café, elle me parle de ses produits de beauté qui séduisent les New-Yorkaises et désormais les Parisiennes, les Madrilènes, les Berlinoises. Soudain je pense que nous sommes loin, loin de votre ivresse et votre plénitude.

Après le rendez-vous, je traverse Park Avenue et remonte Madison en longeant le monolithe gris du Whitney Museum, et puis l'hôtel Carlyle jusqu'à la 77e Rue. Je tourne, j'hésite un peu devant l'immeuble blanc. Se souvient-elle encore de moi ? Le portier a vieilli. Il me demande si Mme Sharpson est prévenue de ma visite. Je hoche la tête quand il décroche le téléphone. Combien d'heures passées là autrefois avec elle ? On s'asseyait dans son bureau, sur le canapé rouge, sous le Chagall que nos cheveux frôlaient. Elle me parlait des opéras qu'elle avait vus pendant la semaine, me racontait son amant d'autrefois, un espion qu'elle rejoignait à Budapest au milieu de la guerre froide, ses années d'université, le mois qu'elle avait passé seule à Paris, au Meurice, à quinze ans, tandis que ses parents parcouraient l'Europe à deux. Le portier me regarde, le combiné collé à son oreille. C'est la bonne qui répond. D'une voix qui porte je l'entends s'étonner à travers l'appareil, dire que je peux monter. J'avance dans le couloir vers l'ascenseur dont le bouton a été actionné à distance. Je monte. Les portes s'ouvrent sur l'appartement. La bonne, en uniforme blanc, m'embrasse et me salue de son accent chaleureux du Brésil.

Dans le bureau, l'immense Chagall est toujours à sa place. Mme Sharpson est de dos. Elle se retourne en entendant mes pas sur le parquet, elle lâche un petit cri d'oiseau, m'ouvre les bras et me demande si je suis revenue à New York pour de bon. Elle regrette de n'avoir pas beaucoup de temps et veut savoir si je pourrais venir un autre jour pour déjeuner. Elle a un rendez-vous. Comme autrefois, toujours attendue quelque part. Cette fois, c'est à Carnegie Hall. Cela me fait sourire, cela me rappelle à vous. Je lui dis que je vais l'accompagner et qu'on bavardera dans la voiture. Elle passe se recoiffer et se poudrer dans son boudoir.

En bas, le chauffeur nous attend. Mme Sharpson marche plus lentement qu'autrefois. Ses jambes se sont affinées, desséchées, ses pieds sont presque trop petits pour ses souliers. Elle me semble éthérée. Et c'est peut-être ça, vieillir, rétrécir au point de n'être plus qu'un souffle. Pourtant, elle est toujours la même, vive, rieuse, courant d'un concert à un autre, d'un opéra à un gala. Nous nous installons à l'arrière et le chauffeur démarre, sans aucun bruit, dans une odeur de cuir tout neuf. Mme Sharpson est invitée à une cérémonie en hommage à un compositeur récemment disparu et dont le nom ne m'évoque rien. Je lui parle de vous. Et alors elle s'écrie, *Quelle chance d'avoir pu l'interviewer. C'est un grand musicien, vous savez!* Je souris. Mes joues brûlent. Ma joie déborde. J'ai envie de vous entendre encore. À l'angle de la 57e Rue et de la 7e Avenue, la voiture ralentit. Mme Sharpson en descend, je la suis, la mène par le bras jusqu'aux portes vitrées du grand bâtiment rouge. Elle se retourne, demande à son chauffeur de bien vouloir me reconduire à mon hôtel. Elle disparaît. La voiture redémarre, me dépose. Et je marche à grands pas dans les couloirs, ouvre à la hâte la porte de ma chambre. Je ne peux plus perdre un seul instant. J'allume l'ordinateur, encore debout face au bureau je vous écris un mail :

> Cher Maestro,
> Quel plaisir de vous avoir parlé hier. Merci de tout cœur.
> J'espère que vous pourrez m'envoyer vos photos. Bien vite.
> Et bien à vous,
>
> CÉCILE

f

Nous quittons Salzbourg, cet été 1985, en direction de l'Italie. Nous traversons Brixen et Bolzano, les Dolomites, comme Mozart et son père lors de leurs trois voyages italiens vers Milan, Turin, Rome, Naples. Venise. Papa veut visiter le palais des Doges. Puis Sienne, Florence, la galerie des Offices, admirer les fresques de Fra Angelico. Ma sœur, dont la blondeur est justement vénitienne, se reconnaît dans les madones aux cheveux lumineux. Devant les Giotto, les Piero della Francesca, les Filippo Lippi, les Botticelli, elle crie, *C'est moi*. De sa petite voix chantante, elle répète en désignant sur les tableaux la Vierge, *Ze suis la mère du p'tit Zézu*. Elle rayonne de sa trouvaille, et nous rions en la regardant qui pirouette et sautille devant tous ces chefs-d'œuvre. Ses cheveux sont bouclés, ils brasillent au soleil, rebondissent sur ses petites épaules. Ma sœur s'appelle Lucie. C'est une fille de lumière. Une lumineuse luciole. Elle éclaire tout, elle irradie. Pourtant la blessure reste là, béante, insurmontable, le sentiment, la sensation de ne pas avoir pu, de ne pas avoir su être assez. C'est hors des mots, au-delà, en deçà, dans un lieu archaïque à l'intérieur de moi. Même si je ne veux plus que nous soyons trois. Même si je veux que nous soyons quatre.

Au retour des vacances, j'entre en 6e, j'apprends l'allemand. Je l'apprends en pensant à Mozart, à la *Flûte enchantée*. Au début je trébuche. *Die Zauberflöte*, c'est tellement dur à dire. Mais peu à peu les mots rébarbatifs se mettent à glisser sur ma langue. *Singspiel:* l'allemand est un jeu à chanter. Plus tard, quand on me demande pourquoi j'aime tant ces mots, que planent sur la question l'ironie, la suspicion, je réponds que l'allemand est une langue d'opéra. On rit d'un rire gêné, et on repart, son *Achtung* et son *Führer* sous le bras.

J'ai hésité à évoquer cet épisode. J'ai hésité mais me ravise, Maestro. Parce que je crois qu'à travers vous quelque chose se répare qui a commencé là. Et même un peu avant puisque les événements s'étaient enchaînés dès l'année précédente, quand nous avions emménagé dans la maison qui paraissait si vide et qu'on avait remplie d'un piano au parfum de bois coupé. À cette époque, avec papa, on va tous les jours à l'école. Je suis en CM2 et il apprend à lire aux petits du CP. Le matin, on monte dans la camionnette blanche. Pour passer le temps, on écoute la radio. Souvent, j'ai l'impression que la musique parle avec des mots. Un quatuor, une symphonie. Des accords, des mélodies qui ressemblent à des voix, à des paroles qui n'en sont pas. Je me retourne. Il n'y a jamais personne. Je me raidis sur mon siège. Mais un jour, en allant à l'école, ça parle vraiment à la radio. Je n'écoute pas. Je regarde la forêt des deux côtés de la route et les jonquilles comme un immense soleil à la racine des arbres. Papa me dit, *Écoute*. J'entends parler de *chœur* et d'*audition*, d'*enfants* et de *nouvelles voix*. Je ne fais pas attention. Papa répète, *Tu entends ?* Parce qu'il sait que j'aime chanter, mais sans forme, sans pratique, comme chantent presque tous les enfants, papa me propose de tenter l'audition. *On devrait y aller, c'est un bon exercice, pour plus tard, quand tu devras passer des examens.* Ce qui m'enchante, c'est de passer la journée à Paris pour chanter. Je dis oui. Pendant quelques semaines, assise sur le siège avant de la camionnette, à côté de papa je fais des vocalises, je révise le seul air que je connaisse, sur le poème des *Saltimbanques* d'Apollinaire. On le répète dans la voiture en allant à l'école.

Un jour, papa me dit que je suis prête. Et un samedi matin, je me glisse dans mon ensemble gris, une jupe et un chemisier en coton rehaussé d'une broderie blanche au col. Nous prenons le train jusqu'à la gare du Nord, le bus jusqu'aux Champs-Élysées. Je devais tout de même avoir le trac puisqu'en décrivant ce moment je sens mes mains devenir humides, Maestro. Pourtant, c'est pour de faux. Papa me l'a bien dit. *Les petits Parisiens qui passeront le concours avec toi, ils prennent des leçons le mercredi. Il ne faut pas que tu t'imagines que tu vas réussir, Cécilou. C'est seulement pour l'expérience, pour que tu apprennes ce qu'est un examen.* Avec papa, on remonte l'avenue des Champs-Élysées, depuis le rond-point jusqu'à la rue Marbeuf, où il y a eu un attentat. Je suis fière dans mon petit costume gris, mais je me souviens de la bombe, des morts et des images à la télévision. Je serre bien fort la main de papa. Les marronniers sont verts, en fleurs, c'est aussi le printemps à Paris. Nous tournons au coin de la boulangerie qui sent le pain au chocolat. Nous marchons jusqu'au bout d'une impasse, là où se trouve l'école. Un bâtiment austère, aux murs carrelés, décorés de sphères en faïence vert émeraude. Sur le fronton, le navire de Paris est sculpté dans la pierre. Nous pénétrons dans la cour, vide puisque c'est un samedi, une cour où d'autres marronniers corsetés sont en fleurs. Nous gravissons un escalier en bois qui sent la cire. Et au dernier étage des voix s'échauffent, cristallines et aiguës, des voix pures de petites filles et de très jeunes garçons. J'attends dans un couloir, sur un banc sans dossier avec d'autres enfants. Puis arrive le moment où je monte sur la scène, les pieds dans mes chaussures à brides, des vernies noires sur le sol noir et légèrement brillant de la scène. Je revois encore les grandes fenêtres et les visages sérieux des gens assis à une longue table en contrebas. On me demande ce que je vais chanter, je réponds les *Saltimbanques* sans pouvoir préciser le nom de celui ou de celle qui en a composé la mélodie. On congédie la pianiste puisque je n'ai pas apporté de partition, puisque l'idée même d'une pianiste ne nous a pas effleurés. A cappella, j'entonne *Dans la plaine, les baladins s'éloignent au long des jardins*. On me remercie.

Je me souviens de la pizza que nous avons dévorée juste après, avec papa, sur les Champs-Élysées. Et de la vie, ensuite, qui redevient comme avant. Monotone, monocorde, dans le roucoulement des tourterelles.

Pourtant, quelques semaines plus tard, peut-être beaucoup plus tard mais certainement avant le départ à Salzbourg, puisque alors je savais qu'une nouvelle vie m'attendait, nous sommes invités chez la cousine de maman. Je suis allongée, ce soir-là, à moitié endormie sur un grand canapé. Il est tard mais dans mon demi-sommeil j'entends le mari de la cousine de maman qui déclare d'une voix forte, *C'est comme si tu lui offrais une Porsche et que tu gardais les clés!* Le lendemain, papa et maman viennent me voir. Ils m'annoncent que quelques jours ou quelques semaines plus tôt, ils ont reçu une lettre. Ils me regardent avec des yeux navrés : *Tu comprends, ce n'est pas possible. Tu es trop jeune, tu es trop petite. Comment veux-tu aller tous les jours à Paris, prendre le train, le bus toute seule, te lever à six heures du matin, à onze ans ? C'est pour ça qu'on ne voulait pas te le dire.* Mais c'est tout cela qui me paraît merveilleux. La fatigue, le danger, mes onze ans, tout cela n'a aucune importance. Ce que je veux, c'est chanter. Chanter, chanter, chanter ! Chanter et vivre avec Mozart.

f

Ce vendredi après-midi, après vous avoir écrit, je me dirige vers West Harlem pour dire au revoir à Lise, à Joshua et aux enfants qui s'apprêtent à partir. Lise donne sa conférence à Miami, elle emmène toute la famille. Dans le métro, sur la lente ligne 1, je pense à vous. J'ai très envie de penser à vous. À vos paroles, à votre voix. J'écoute sur mon téléphone le concerto pour piano qui épuisait les diamants de ma chaîne hi-fi lorsque j'étais adolescente. Le Concerto 23. Köchel 488. Le métro est aérien au-dessus de la 125e Rue, un métro sur échasses, tellement vertigineux que je regarde au loin vers l'Hudson et les lumières du New Jersey pour ne pas avoir peur. Soudain s'élèvent les premières notes de l'adagio. Plus lent qu'un andante. Encore plus lent, encore plus bouleversant. Désespéré, si déchirant que je n'ai même plus besoin de regarder au loin. Tout pourrait s'arrêter. Tout pourrait s'arrêter pour toujours et je n'aurais pas mal, et je n'aurais pas peur. On dirait que l'écho de votre voix que je perçois encore se mêle à la lenteur du piano qui progresse sur un rythme de danse sicilienne, se mêle à chaque note, pure, si pure, aux deux phrases successives, lentes, si lentes qu'elles en deviennent funèbres. Une danse d'amour qui fait mourir. Une danse de mort qui fait renaître. Le piano éploré rejoint les larmes des violons et de la clarinette. Maintenant, tout peut cesser de battre. 145e Rue. Je quitte le métro et monte les quelques marches qui mènent jusqu'à la rue. Et le sublime s'efface aussitôt sur Broadway, dans les néons des *bodegas* portoricaines, derrière les portières ouvertes des voitures garées sur le trottoir, dont les propriétaires immobiles au volant font vibrer les enceintes sur des airs de *merengue*. Le sublime disparaît dans New York qui pulse et qui s'agite. Comme Noam et Malka lorsqu'ils m'ouvrent la porte en me sautant au cou avant de retrouver leur chambre où ils s'affairent autour de leur valise. Ils demandent à leur mère quels maillots emporter, quelle robe, quel T-shirt. Malgré l'effervescence, je m'installe à la grande table en bois. Lise me verse une tasse de thé. Joshua me prend dans ses bras, *Pourquoi tu ne reviendrais pas vivre ici ?* Je me blottis contre lui, grand garçon maternel, je lui réponds que j'aimerais pouvoir me transporter dans leur salon, à tout instant, en toute saison. Et aussitôt Noam réapparaît, cheveux ébouriffés comme un petit animal qu'on voudrait renifler. *Tu viens en vacances avec nous ?* Malka accourt aussi, *Oh oui, viens avec nous !* Je leur réponds qu'on va se revoir bientôt, à Paris, cet été. Lise ajoute, *Dans moins de deux mois, les p'tits gars !* Nous finissons le thé. Lise et Joshua ont leurs bagages à préparer. C'est un rapide au revoir. Je dois retrouver Massimo, l'amoureux de ma jeunesse, celui que j'avais rencontré dans un train, en Italie, l'été de mes vingt ans. Celui que j'étais venue rejoindre, quelques années plus tard, à New York, où il avait choisi de vivre.

Dehors, dans le froid d'un printemps qui ressemble à l'hiver, je retourne à pas rapides jusqu'au métro de la 145e Rue. Ce séjour est si bref, je cours de rendez-vous en rendez-vous. Massimo m'attend à l'autre bout de la ville, dans le lobby de l'hôtel Standard, dont le bar est situé au tout dernier étage d'un bloc de verre posé sur deux colonnes qui enjambent la High Line. Lorsque j'arrive, il est encore dans son manteau d'hiver tant il fait froid ce soir de mai, et sa joue fraîche contre la mienne me fait aussitôt frissonner. Plus d'un an depuis que nous nous sommes vus. *Tu rentres déjà demain ? J'ai cru qu'on ne trouverait même pas le temps de se voir !* En arrivant tout en haut, nous sommes muets un bref instant lorsque les portes s'ouvrent devant un horizon de lumières, la ville comme un lamé en relief à nos pieds, le Verrazano Bridge en miniature et qui scintille au loin, la statue de la Liberté dont on ne voit plus que la tiare éclairée. La musique est trop forte, le bar bondé. Nous commandons des cocktails avant de nous frayer un chemin entre les corps apprêtés, tenant nos verres à main levée jusqu'à deux sièges légèrement en retrait. Massimo s'installe devant la vitre. Il me parle de son dernier concert, aux Cloisters, un lieu hors du temps, à l'extrême nord de Manhattan, en surplomb de l'Hudson, entouré d'une roseraie où la ville disparaît, un cloître reconstitué au début du siècle dernier par un fol amoureux du Moyen Âge qui rapportait pierre après pierre les abbayes et les églises d'Europe alors à l'abandon. C'est un lieu que Massimo chérit, lui le musicien qui se moquait autrefois de ma passion pour Mozart, qui ne vénérait que Machaut et Binchois, Janequin et Dufay, les compositeurs du Moyen Âge et de la Renaissance qu'il jouait sur son beau luth en bois sculpté. Et c'était peut-être cela qui avait émoussé peu à peu notre amour : le fait qu'il n'ait jamais aimé Mozart.

Je raconte à Massimo mes interviews de la journée, la femme d'affaires puis ma visite à Mme Sharpson. Je parle aussi de vous, répète ce que vous m'avez dit sur le mot *maestro*.

— Tu savais, toi, que c'était moins un titre qu'une façon d'éviter un nom ? Comme on dit *Premier Violon* ou *Première Flûte* ?

J'avais lu, un jour, il y a longtemps, une lettre de Leopold Mozart écrite depuis Milan. C'était là que Wolfgang avait connu l'un de ses premiers succès, pour l'opéra *Mitridate*, qu'il avait composé à l'âge de quatorze ans, avant *Lucio Silla*. Dans cette lettre, Leopold s'émerveillait de l'admiration que les Italiens vouaient à son fils : « Chacun est curieux de parler au *Maestro* et de le voir de près », écrivait-il. Il était fier de ce mot. Un mot d'honneur, un mot de déférence. Et vous m'avez fait croire qu'il s'agissait de modestie, de discrétion. Soudain, je me demande si vous n'avez pas tout inventé, toute cette explication, parce que vous aviez deviné la moquerie dans ma voix.

Pour Massimo, Milanais lui aussi, dont les ancêtres avaient peut-être acclamé le petit maestro, comment résonne ce mot ? De manière plus concrète, moins surannée peut-être ? Massimo fait tourner son fauteuil, boit une gorgée de son cocktail. Je n'ose pas dire que je pense à cette lettre, que je pense à Mozart.

— Je ne sais pas, Cécile. Peut-être. Je ne connais pas très bien le monde des musiciens classiques, je connais surtout celui de la musique ancienne… ce n'est pas exactement pareil.

Massimo me sourit. Nous nous taisons. Nous plongeons nos regards vers la rue, vers la ligne des taxis jaunes qui déposent des femmes en talons hauts, trébuchant sur les pavés du Meat Packing District. C'est un vendredi soir, New York est de sortie. Tout est lumière. Tout est tumulte. Nous buvons, nous parlons du passé, de nos souvenirs qui nous ancrent ensemble dans un présent que nous ne partageons plus. Il est tard quand nous nous séparons, quand Massimo me serre dans ses bras avant de m'ouvrir la portière d'un taxi.

C'est le milieu de la nuit. La 8e Avenue défile jusqu'à Broadway. Je remarque les pistes cyclables qui n'existaient pas à ma dernière visite. La ville change, me semble transformée à chacun de mes retours. Puis le taxi s'engage à droite. Je n'avais jamais remarqué non plus cet écriteau étrange : « 6th Avenue ½ ». Je souris, j'ouvre la vitre malgré la nuit. Je sors mon téléphone pour saisir une image que j'envoie aussitôt à Tristam. Lui qui toujours est en quête d'insolite et d'absurde, je sais qu'il sourira. Dort-il ? À cette heure-ci, dort-il encore auprès de la femme qu'il prétend ne plus aimer ?

À Paris, c'est déjà le matin.

À Londres aussi.

Lorsque je me réveille, des heures plus tard, un fin rai de soleil se diffuse sur le drap. Je me lève pour attraper l'ordinateur. J'apprécie le moutonneux de la moquette et me recouche dans le parfum toujours plus lourd du bouquet de lys et de roses. En regardant mes messages, un cri m'échappe, Maestro, quand mon esprit encore embrumé par cette trop courte nuit reconnaît plusieurs fois votre nom.

> Chère Cécile,
> Pardon d'avoir tant tardé à vous envoyer des photos. Moi aussi, j'ai eu un immense plaisir à parler ensemble, tant de plaisir qu'au bout de deux minutes, l'interview s'est transformée en discussion… Je ne sais pas ce qu'il en restera…
> Avec mes meilleures pensées.

Tant de messages de vous. Dix, douze peut-être. Tant de photos. Votre regard transparent dans le soleil. Vert. Un jardin au printemps. Vous dans un pull gris pâle. J'ouvre un autre mail, presque la même photo, le même jardin, peut-être celui de la maison du Kent dont vous m'avez parlé. Une lumière douce et diffuse éclaire votre visage. Une autre photo dans un autre message vous montre en tenue de chef. Nœud papillon, plastron, queue-de-pie. Je souris. Vous écrivez, *Je crains que celle-ci ne soit floue, je vais vous en chercher une autre.* Une autre plus ancienne où vous semblez très jeune. Beau. Bras grands ouverts devant l'orchestre, regard comblé, sourire d'extase, sans doute est-ce le dernier accord. Vous dites, *Pardon d'embouteiller votre boîte mail.* J'ai envie de vous répondre, *Mais continuez! Continuez donc!* Ensuite, c'est une salle de concerts. Vous êtes de dos devant des musiciens. Mon sang bat à mes tempes lorsque je lis vos derniers mots :

> C'était si bon de parler avec vous que je ne sais plus très bien si je vous ai dit tout ce qu'il fallait pour votre article. Mais je pense qu'il faut que j'arrête de saturer votre messagerie…
>
> Je vous souhaite le plus beau des week-ends!

Je vous écris aussitôt :

> Hier soir, dernière soirée new-yorkaise et tardive. Ce matin, je découvre vos messages et cela me touche, m'étonne aussi, mais peut-être pas. Je sais que bien souvent les gens les plus accomplis sont aussi les plus accessibles. Peut-être nous croiserons-nous un jour. Moi seule pourrai vous reconnaître.

Vous répondez presque instantanément. Vous êtes devant votre écran. Nous sommes à l'heure où Londres et New York sont debout en même temps.

> Chère Cécile,
>
> J'aime vous lire… Oui, c'est vrai, si nous nous croisions un jour, à New York, à Salzbourg ou ailleurs, je ne pourrais pas vous reconnaître et c'est tout à fait injuste! Donc, pour y

> remédier, envoyez-moi au moins autant de photos que moi! À bientôt peut-être. Je suis impatient de vous lire et de pouvoir vous reconnaître. Londres est bien gris ces jours-ci.

Je compose un dernier message, à la hâte, avant de boucler ma valise :

> Autant de photos que vous, je ne sais pas, mais quelques-unes sûrement. Puisque vous vous êtes montré en tenue de gala, moi aussi : me voici en Dirndl. Je file à l'aéroport. New York est gris et dans un froid de novembre.

f

Il fait encore nuit noire quand je me lève. Il est très tôt. Maman m'habille et papa m'accompagne jusqu'au village voisin où passe le train. Je descends à la gare du Nord, sordide et inquiétante. Papa me dit, *N'aie pas peur des mines patibulaires*. J'aime l'expression qui me fait surtout sourire. Je prends le bus 42 jusqu'au rond-point des Champs-Élysées, remonte à pied un petit tronçon entre l'avenue Montaigne et la rue Marbeuf. Je me sens libre, grande, je marche la tête haute en regardant l'arc de Triomphe, fière, seule. En arrivant dans la classe, après avoir acheté un pain au chocolat à la boulangerie qui fait l'angle, je retrouve les garçons. Il y a Gaspard dont je suis amoureuse, à cause de son beau visage d'ange, de son prénom et des boutons de manchettes qu'il porte sur ses chemises rayées. Il y a Jérémie, l'inséparable de Gaspard. Plus tard, bien plus tard, j'ai su que tous les deux étaient devenus chefs d'orchestre.

Entre les cours, quelqu'un sort un violon, une flûte, nous nous mettons au piano, nous chantons. La musique est partout. La vie devient vivante avec elle. Il n'y a plus aucun vide, plus aucun interstice. La musique me remplit. Le soir, lorsque je rentre à la maison après les cours, je chante encore. J'apprends à lire les intervalles, les tierces et les quintes, à reconnaître les tonalités en comptant le nombre de dièses, de bémols à la clé, à trouver la tonique, la dominante, à maîtriser le staccato, le legato, à soigner la diction. C'est comme apprendre une nouvelle langue. Parfois, souvent, j'ouvre aussi le cahier à couverture cartonnée que j'ai trouvé dans le grenier de ma grand-mère. J'y inscris les œuvres de Mozart, avec leur numéro au catalogue Köchel, celles que je possède sous forme de disque ou de partition. Le Requiem Köchel 626. Le Concerto pour piano Köchel 488. Peu à peu des symphonies, des sérénades, des cassations, une composition étrange pour un orgue de verre. Des messes. Celle des « moineaux », Köchel 220. Le début sautillant, picorant, et puis les cordes du Sanctus, deux notes piquées, un pépiement dans des branches au printemps. J'aime les chiffres de ce catalogue : ils parlent de la vie de Wolfgang. La petite enfance avant les 100, les 200 de son adolescence, les 300 de sa grande jeunesse. Au-delà, l'homme marié, vivant à Vienne avec Constanze. Et puis l'après, jusqu'à l'ultime, le fatidique 626. 400, 500, 600, la profondeur de plus en plus tragique, comme s'Il savait son temps compté, plus beaucoup de mois, plus beaucoup de jours. Moi qui ne sais pas encore tout cela, je le pressens, la symphonie Jupiter, les trois grands opéras auprès de Da

Ponte, et la dernière année si dense, *La Clémence de Titus* et *La Flûte enchantée*, le concerto pour clarinette, l'Ave verum corpus. Je ne fais que deviner, découvrir en lisant, en écoutant. Je laisse beaucoup d'espaces dans le cahier, pour les œuvres inconnues. Je saute de nombreuses lignes, j'espère qu'un jour il m'arrivera de tout savoir, de tout avoir entendu.

Avant les vacances de Noël, pendant l'heure des vocalises, où Mme Verdini, la professeur de chant – qui demande souvent, quand on toussote, qu'on est un peu malade, *Tu n'es pas en forme, vocalement?* (pas en forme vocalement, c'est bizarre au début, et puis un jour je le dis à maman, *J'ai besoin d'une pastille, je ne suis pas en forme vocalement*, le rire de maman quand elle m'entend) – Mme Verdini, donc, nous dit qu'elle va nous distribuer une partition. Pour un concert. Un grand concert dans une grande salle parisienne, avec un grand orchestre. Cela me semble trop grand, et en même temps, je me retiens pour ne pas rire de joie, je mords mes joues, je tords mes mains, je me tourne vers mes camarades, on se donne des coups d'épaule, on se raidit de plaisir. Ça traverse le silence, ça fait exploser notre joie. Mme Verdini nous dit qu'il va falloir se préparer, que ce sera du travail. Elle parle des répétitions, avec le chœur et puis avec l'orchestre. Elle parle d'une grande symphonie romantique et d'un grand chef d'orchestre, et puis l'Ave verum corpus. Quarante-six mesures de Mozart, quarante-six précieuses petites mesures d'avant la fin de sa vie. Je regarde autour de moi, Juliette, Ella, Norah, Guillemette près du radiateur, au premier rang, devant la fenêtre. Je regarde Jérémie et Gaspard. Nous sourions, nous sommes heureux, nous retenons notre joie.

Je ne me souviens plus bien des semaines qui ont précédé ce moment. Je me souviens seulement des jours d'avant. L'effervescence, le costume à essayer, un corsage en crêpe beige bordé d'un liseré orangé, les répétitions avec le chef de chœur, l'orchestre, avec le chef d'orchestre. Les instruments qu'on accorde, les musiciens en coulisses. La veille du concert, Mme Verdini nous prépare à rester sages, à bien nous tenir. Sur scène, ne pas rire. Nous nous tenons bien, nous ne rions pas, pétrifiés et ravis. C'est l'ivresse, la plénitude et les applaudissements. Comme la répétition du bonheur initial, celui du jour de juillet où les touches d'ébène et d'ivoire s'étaient mises à bouger sous mes doigts. La scène, la salle, les deux jours d'euphorie, la représentation, les petites cloches de cristal que sont nos voix d'enfants, le cœur qui bat, les yeux aveuglés dans la lumière face à l'obscurité, la vibration des cuivres et des percussions à la fin de la symphonie qui résonne dans les poitrines, Gaspard et Jérémie qui gesticulent en coulisses pour imiter le timbalier. Et puis c'est l'hymne latin dans nos toutes petites voix portées par un orgue et des cordes. Le désir que ça recommence encore, encore. Et le vieil homme en noir, qui ne joue de rien et reste digne même lorsque son front perle. Un homme à l'accent étranger, aux *r* roulés, qui nous demande de le regarder et d'attendre son signe. Et nous, les yeux fixés vers lui, attendons son signal, suspendus aux mouvements de ses vieilles mains plissées, lui cet homme, ce mystère par lequel tout arrive, c'est l'évidence :

c'est vers lui qu'il faut tendre, l'homme silencieux et dansant par lequel tout jaillit. Je le sais, je le sens, c'est lui que je veux être.

À cette époque, quand on me demande ce que je ferai plus tard, je réponds *chef d'orchestre*. Je sais que ce n'est pas ordinaire. Je ne le dis pas à tout le monde. Pas aux grandes de l'école qui nous racontent leurs tournées, le Canada d'où elles reviennent. Je le dis seulement chez moi, à ma famille, à mes amies. Je n'ai pas peur, je le dis avec beaucoup d'aplomb, personne n'ose me répondre que c'est trop difficile, sans doute même impossible. Aux grandes de l'école, je demande de me parler des pays visités, des tournées, des orchestres et des chefs qu'elles ont rencontrés, avec qui elles ont déjà travaillé, et des compositeurs dont je ne connais pas toujours les noms. Le Canada, l'Amérique, d'autres pays, des scènes pleines de lumière dans des villes étrangères. Cela me paraît irréel et tout à fait possible. C'est à cette époque-là que j'enregistre sur mon magnétophone des interviews imaginaires de musiciens. Je m'installe dans ma chambre, j'ouvre grand la fenêtre, même en hiver quand le cerisier n'a plus ses feuilles, pour voir le ciel, imaginer l'ailleurs, le Japon, l'Argentine. Et je pose des questions avec des mots tout juste appris, *tessiture*, *cantilène, cavatine, ambitus*, j'aime les entendre qui roulent sous ma langue, et je réponds en modulant ma voix. Je dis, l'air sûr de moi, *Nous jouerons ce quintette l'été prochain à Tokyo.* Je m'imagine être eux. Je m'imagine adulte. C'est pour cela que quand je ris avec Gaspard et Violaine, dans le bus 42, après l'école, pour retourner jusqu'à la gare du

Nord, quand on regarde les visages et les gens, ceux qui parlent fort ou bizarrement, quand on se moque et que je ne peux plus me retenir, il y a cette phrase qui se répète, *Si tu veux être chef d'orchestre, tu dois apprendre à ne pas rire.* Sans cesse, il y a cette phrase qui se répète.

Quand nous nous sommes parlé, Maestro, vous m'avez raconté vos années de pensionnat à Cambridge, vos années de chœur au King's College. Je n'ai pas osé vous demander si vous aviez eu des fous rires à cette époque, si vous les maîtrisiez et si déjà vous deviniez que vous seriez cet homme-là.

L'hiver 1986, il fait très froid. *– 26 degrés sur le quai de la gare,* me dit papa un matin. Il me prête sa chapka en fourrure, ma tête disparaît sous le renard. Je pars emmitouflée dans la nuit, emportée par le train jusqu'à la gare du Nord et jusqu'aux mines patibulaires que je ne regarde même plus, concentrée sur ma mission : prendre le bus jusqu'aux Champs-Élysées et devenir chef d'orchestre. Un soir, je rentre à la maison en toussant. Le froid du dehors est entré à l'intérieur de mes poumons. *Je ne suis pas très en forme vocalement.* Je tousse, le corps penché vers l'avant, je crois que je vais tomber. On appelle le docteur. Il déclare que c'est une pneumonie. Pendant plusieurs semaines, le soir, papa me pose des cataplasmes sur la poitrine et sur le dos. C'est un remède de sa grand-mère. Je m'allonge sur ses genoux et j'attends que les bandelettes, qui sentent fort la moutarde, chauffent ma peau jusqu'à ce qu'elle en devienne écarlate et brûlante. Je sanglote. Je veux retourner chanter, retrouver Jérémie et Gaspard, Violaine, Norah, Juliette, la flûte, le violon, le piano, les voix de mes camarades. Mais lorsque je reviens, la catastrophe est accomplie. Le médecin me l'explique, il me montre une image, mes cordes vocales toutes rouges et entrouvertes. Obscènes. *Tu vois le petit espace, là, tu le vois ? L'air entre à travers cet espace, c'est ce qui crée un souffle dans ta voix.* Un souffle impur, glissé en travers de ma gorge, un courant d'air irréparable. Au retour dans la classe, je veux cacher ce souffle. Mme Verdini le remarque aussitôt. Cette petite voix derrière ma voix, ce filet d'air qui désormais la voile, Mme Verdini l'entend immédiatement. Devant la classe, elle me déclare, *Cécile, ta voix est mi-figue mi-raisin*. Mi-figue mi-raisin, je ne connaissais pas l'expression. Je la devine. Ni bonne ni mauvaise. Pas assez.

À la rentrée suivante, c'est la 5ᵉ. Dans un collège ordinaire, près du village de mes parents.

OFFERTORIUM

Dans le taxi qui me conduit à JFK, la tête me tourne, Maestro. Tout s'enchevêtre : la peine de quitter New York, la joie de retrouver Tristam, votre irruption imprévue dans ma vie. Votre voix et la musique à travers elle, cette émotion que j'ai sentie jaillir, inquiétante et infiniment douce. Ce retour dans un passé si frémissant, dont je n'aurais jamais imaginé qu'il frémissait encore. Et je me demande ce que moi j'ai fait frémir en vous. Quels souvenirs, quelles douleurs enfouies, quels bonheurs oubliés vous ai-je fait retrouver ? Dans quelle faille suis-je entrée sans le savoir ?

À l'aéroport, en passant la sécurité, je place l'ordinateur dans un bac en plastique. Un homme en uniforme me demande de le sortir de sa housse. Je l'en déshabille à regret, le repose délicatement pour le voir disparaître sous les lamelles de caoutchouc. Dedans tout y est, le travail, la vie, les messages de Tristam et, depuis ce matin, les vôtres. Dans le hall d'embarquement, les sièges, la moquette bleue, rien n'a changé depuis l'époque où je rentrais deux fois par an à Paris. Ma vie, elle, a changé et pourtant je suis restée presque la même qu'à neuf ans, qu'à onze ans, qu'à trente ans, comme si les âges s'étaient accumulés, superposés plutôt que succédé. Je m'installe sur l'un des fauteuils bleus. J'ouvre l'ordinateur pour écrire notre article. Je me dis *notre* article, et je regarde devant moi sans rien y voir, dans une sorte d'ivresse. Il me semble que votre voix résonne encore, m'enveloppe comme si nous n'avions jamais raccroché. Je n'essaie pas de la chasser.

Pourtant, en moi c'est une légère tension. L'article est à rendre bientôt. Dans deux jours. Le jour du départ avec Tristam. L'angoisse maintenant monte comme une vague. Cet article, il faudra bien l'écrire. Cette nuit, dans l'avion ? Demain, avant le prochain reportage ? J'ai peur soudain de ne plus savoir, de ne plus pouvoir tracer des mots, en faire des phrases. Comment reformuler ce que vous m'avez dit ? Pour repousser cette pensée je sors de mon sac le magazine acheté à Paris et que je n'ai pas eu le temps de lire. Mais Lise m'écrit de Miami. *Conférence bien passée. Les petits sont contents. Tu pars trop vite, reviens !* Je souris, je soupire, je lui réponds que j'attends mon vol, que je pense à eux et les embrasse. J'aimerais que Lise soit encore là. Pour me distraire, j'ouvre au hasard le magazine. Je tombe sur un portrait de femme. Celui de la chef d'orchestre dont vous m'avez parlé lorsque je vous ai demandé lesquelles parvenaient à s'imposer dans votre métier d'hommes, cette femme dont je ne connaissais pas le nom il y a seulement trois jours. Est-ce le hasard ? J'ai envie de vous écrire un mail pour vous le dire. Je me raisonne : c'est impossible, je ne suis pas connectée. Mais vous m'avez donné le numéro de votre portable. Je songe un instant au texto. Ce serait bien trop intime. Et pourtant vous écrire demain, après mon arrivée, n'aurait plus aucun sens. C'est maintenant qu'il faut le faire. Je presse les touches du petit clavier en me disant que je peux encore tout effacer, ne rien vous envoyer.

> Coïncidence. Je m'installe pour attendre mon vol et en ouvrant un magazine, je découvre une interview de la chef dont vous m'avez parlé ! Pardon d'utiliser le texto, c'est un peu personnel, mais j'avais très envie de vous le dire.

J'hésite. Je n'efface pas. J'appuie sur « envoyer ». Une impulsion. Mon cœur bat vite. Le texto est parti. Je regrette. Je ne sais pas si je regrette.

Il est l'heure d'embarquer. L'avion est presque vide. Avant le décollage, je repère trois places tout au fond de l'appareil et je m'installe en parsemant les deux sièges libres de magazines et de vêtements afin de décourager les importuns. Lorsque l'avion atteint son rythme de croisière, je m'allonge. Les yeux fermés, j'écoute le Requiem acheté à la hâte sur mon téléphone avant de quitter l'hôtel. Le Requiem sous votre direction. Le Qui tollis violent, véhément, les coups d'archet d'une colère attisée par la gravité singulière et charnue des instruments anciens. Je vous écoute. J'essaie de vous saisir dans la musique, bien que je sache, vous me l'avez dit, c'est même l'une des toutes premières choses que vous m'avez confiées, que vous ne détestez rien autant que les interprètes qui manipulent un créateur. Toute décision, m'avez-vous dit, doit trouver justification dans la musique elle-même. Sur les sièges qui me font un petit lit, le sommeil ne vient pas. Autrefois, pendant longtemps, lorsque je n'arrivais pas à m'endormir, j'écoutais le Requiem et je m'imaginais qu'Il était là, que sa musique était sa main sur mes tempes, une caresse qu'Il m'offrait. J'aimais entendre les trois notes apeurées du Confutatis maledictis, le roulement obstiné des basses, montant, descendant comme des âmes prises au piège, ne trouvant pas d'issue, dans une fuite affolante et soudain apaisée par le pianissimo des voix de femmes, Voca me, *appelle-moi, appelle-moi parmi les bénis*. Tout cela, c'était Lui. Sa main caressant mes cheveux jusqu'au Lacrimosa, vallée de larmes bienfaisantes dans laquelle je finissais par céder sous le poids de mes paupières, tandis que doucement revenaient les tout premiers accords, les premières phrases éblouissantes, transfigurées, du Requiem. Cette fois, dans cet avion qui s'approche de l'Europe, j'imagine vos deux mains réunies pour me fermer les yeux.

Au matin, en arrivant à Paris, j'allume mon téléphone. Je me demande si vous avez pensé à moi, si vous m'aurez écrit. Et votre nom s'affiche. Je n'ouvre pas votre message. Pas encore. J'en lis d'autres. Ceux de Tristam. Puis je regarde à nouveau votre nom affiché sur l'écran. Je fais durer ce temps qui me sépare de celui où j'aurai lu, où je saurai quels mots vous m'avez destinés, les mots que vous avez choisis pour moi. Des passagers me bousculent en sortant de l'avion. Je marche très lentement dans le couloir vitré qui longe le tarmac, ensommeillée, votre nom sous les yeux et dans une joie inquiète. M'en voudrez-vous d'avoir été si familière ? De vous avoir écrit ? J'attends encore un bref instant et finalement je cède : « Le texto trop personnel ? Utilisez ce que vous voudrez ! Je vous imagine au-dessus de l'océan. Cécile, nous partageons le même ciel ! J'ai bien reçu votre photo : vous êtes un soleil. M'en enverrez-vous d'autres ? J'ai tant aimé le crescendo d'hier soir. »

f

En rentrant du collège, en fin d'après-midi, je m'assois au piano qui continue de sentir bon le bois frais. Je déchiffre ses sonates. J'ouvre l'un des deux volumes gris, austères, qui ne laissent rien soupçonner des beautés qui s'y cachent : les *cantabile con espressione*, les *allegretto grazioso*, les *andante amoroso*… Je choisis la dernière sonate du premier volume, Köchel 310 dans le vieux cahier, parce que Mozart la compose à la fin de son deuxième voyage à Paris, celui qu'Il fait à vingt-deux ans avec sa mère. Celui dont elle ne rentrera jamais. Est-ce pour cela qu'Il la compose en mineur, un mode si rare pour ses sonates ? Je m'applique, je reprends, articulant chaque note, veillant à ne pas couvrir des accords impétueux de la main gauche la mélodie de la droite, notant un passage du pouce, les doigtés difficiles, travaillant les longs trilles de l'andante, le dialogue entre la voix sereine et la voix enragée, les modulations sur le tempo rapide du troisième mouvement. Il faut que tout coule, que tout soit fluide pour arriver jusqu'à Lui. Et je parviens ainsi à oublier la brume et la grisaille, les champs qui entourent le collège où l'on parle de Bakou, des puits de pétrole, de la guerre froide et de la Grain Belt, où l'on porte des jeans trop serrés, des sacs U.S., des permanentes et des fuseaux, où des garçons embrassent les filles à la sortie des cours, près du grillage, et où les autres font de dépit pétarader leurs mobylettes. Je repense souvent à Jérémie et à Gaspard, à leurs duos du matin, l'un au piano, l'autre à la flûte, aux deux jours de concert, à l'orchestre, au chef, à la lumière, à la grande symphonie, aux musiciens qui s'accordent et à l'Ave verum. J'ai mal. Je me demande comment revenir à cette musique, à la scène que j'ai approchée furtivement, effleurée, grandiose et étincelante.

Seule au piano, je garde l'espoir d'y revenir. Le grand cahier du catalogue Köchel se remplit peu à peu. Sur la moquette vert tendre de ma chambre, rangés auprès de la chaîne hi-fi, les disques s'accumulent. Tard dans la nuit, je me coule dans le temps de Mozart, porte fermée, le son au plus bas pour que mes parents n'entendent rien. Je découvre sa musique d'Église. La grande Messe en ut *mineur*. *Die Grosse Messe* dont le nom m'amuse et dont pourtant la majesté me stupéfie. Wolfgang l'a écrite juste avant son mariage, parce que Constanze avait été malade, parce qu'elle avait failli mourir. Les premières notes du *Kyrie* sont graves. Elles portent la gravité du mode mineur, la gravité de la quarte, la Trinité penchée vers l'Homme. Grave est aussi le *Qui tollis,* ses sauts d'octave comme un passage du terrestre au céleste. Et enfin, la beauté délicate, radieuse et séraphique de l'*Et incarnatus est*, la voix de femme élevée vers le hautbois, époux de chair et de ciel.

Pourtant le soir, la nuit, c'est à nouveau le Requiem quand les bougies vacillent et qu'elles colorent le plafond blanc d'ombres mouvantes et orangées. Le matin je me réveille sur le *Lux aeterna*, et les journées commencent ainsi, dans la lumière éternelle, celle qui donne le courage d'avancer vers le gris de la cour goudronnée. Je me demande sans cesse : *Pourquoi ne L'ai-je pas connu ? Pourquoi suis-je née trop tard ? Pourquoi s'est-on trompé d'endroit ?* Il s'agit certainement d'une erreur d'aiguillage. Ma vie dans ce village du nord de Paris, le bus scolaire, le collège, Nena à la télévision avec ses 99 ballons, le mur de Berlin qui s'effondre, Rostropovitch jouant devant les suites pour violoncelle, le Rubik's Cube, les permanentes et les jeans trop serrés. Tout ça est une erreur. On s'est trompé d'endroit, on s'est trompé d'époque.

Heureusement, dans ce nouveau collège, j'ai une nouvelle amie. Sans le savoir, à sa manière, Corinne m'apprend à entrer dans le présent. On passe des heures, le mercredi, seules toutes les deux à regarder *La Boum* en mangeant des quatre-quarts qu'on a confectionnés nous-mêmes. Chez elle, on se maquille, on fouille dans les placards de sa mère, on essaie des vêtements, des chaussures à talons, on s'imagine comment on sera plus tard. Corinne me fait écouter Indochine, Téléphone, et au collège, on s'évade dans un coin en retrait de la cour, un coin qu'on appelle *la cahute*, et où l'on parle en secret des garçons. Des Hervé, des Olivier. Quand Corinne vient chez moi, je lui joue un morceau au piano. Elle dit que ça lui donne le bourdon. Alors j'arrête. Et c'est ainsi, en sa présence, que j'oublie le passé.

Même si le soir, avant de m'endormir, je pense encore à cette erreur monumentale qui me fait vivre dans ce siècle, et que je pleure dans sa musique, et que j'enrage. *Pourquoi, pourquoi?* Je voudrais être Constanze et je voudrais mourir. Mais cela doit faire mal, mourir. Je me regarde dans le miroir de ma chambre en pleine nuit, à la lueur des bougies, ma bouche trop petite, ma mâchoire trop carrée. Il n'y a que sa musique qui me console, l'adagio du Concerto Köchel 488, les deux phrases douloureuses avant la douce lamentation de l'orchestre qui efface toutes les peines, c'est sa main sur mon front, sa longue caresse sonore. Au matin, au réveil, l'angoisse a disparu. Je L'entends rire. D'un rire qui n'appartient qu'à Lui. Et la distance qui nous sépare, sa mort, les siècles, ne sont plus qu'un regret: celui de ne pas nous voir et de ne pas nous toucher.

Parfois, même si je L'entends m'appeler par mon prénom, surtout lorsque je quitte ma chambre pour une autre pièce de la maison (car ses appels proviennent toujours de ma chambre, comme s'Il y était circonscrit), j'éprouve le besoin de chercher des *preuves* de sa *réalité*. Pour m'assurer de sa présence à mes côtés, de ne rien avoir inventé, je Lui demande d'accomplir des tâches prosaïques, improbables et toujours liées au corps. C'est peut-être une façon de L'intégrer à ma vie, la vie physique, de sang et d'os. Peut-être aussi de me convaincre de sa réalité *charnelle*. Le soir, en m'endormant, je Lui susurre comme à un amoureux, *Wolfgang, Wolferl, Wolfgangerl, si tu es là, fais que demain matin je n'aie pas à me brosser les dents, que ma bouche soit parfaitement propre et fraîche*. Peut-être fallait-il que la bouche, faite pour l'amour et les baisers, devienne par Lui un lieu de douceurs jamais interrompues ?

Aujourd'hui, on pourrait dire que cette obsession était une étape que je ne parvenais pas à franchir, du fait de la présence de ma petite sœur, une enfant qui me maintenait moi-même en enfance puisque j'imaginais que c'était à elle de me réparer, elle encore si petite. Mais c'était à Mozart que je confiais la tâche de me rendre plus belle, de faire que mes lèvres trop fines se pulpent et s'embellissent, que ma mâchoire trop carrée s'adoucisse dans la nuit. Et je ne sais plus comment je m'expliquais, le lendemain au réveil, le fait de devoir me brosser les dents ou que mes lèvres soient restées aussi minces que la veille.

Ces matins-là, il me semble tout de même que je suis plus jolie, que l'odeur de mon corps est plus agréable que les autres matins. C'est invraisemblable, impensable. Et pourtant, ces considérations corporelles sont aussi celles des Mozart. Dans leurs lettres – ce qui les rend tellement vivants, attendrissants – le corps dans ses fonctions les moins charmantes est toujours très présent : on entend souvent parler de pets et de culs qui grattent. Un jour de novembre 1777, Wolfgang écrit à son père : « Je m'accuse de n'être rentré qu'à minuit à la maison [...] et d'avoir [...] très légèrement rimaillé. De plus, uniquement des cochonneries, avec crotte, chier et lécher le cul, en pensées, en paroles et --- mais pas en action. » Ses bêtises me Le rendent plus incarné. Le soir, je me couche en contemplant l'immense poster affiché face à mon lit, son visage d'un mètre sur un mètre, gigantesque, monumental, et il me semble qu'Il rit et qu'Il cligne d'un œil au moment même où je bascule dans le sommeil.

Certains jours sont fête, certaines dates font l'objet de rituels. C'est le cas du 5 décembre – l'anniversaire de sa mort – et du 27 janvier – celui de sa naissance. Ces soirs-là, j'organise des messes intimes en écoutant la Musique funèbre maçonnique, je récite des prières à la lueur orangée des petites flammes allumées aux quatre coins de ma chambre. Cela m'arrache de bonnes larmes. Mais je ne me souviens pas comment j'explique à maman qu'une nuit de 27 janvier, mon dessus-de-lit a pris feu.

Le 27 janvier 1988, je note dans mon journal (en – mauvais – allemand pour que mes parents ne puissent pas le lire) : « Anniversaire de Mozart. Tu es mon plus fidèle ami. Ta musique me transporte, magnifique et sublime. J'aimerais te demander de saluer pour moi toute ta famille, et aussi ma grand-mère » (qui venait de mourir). Sur la page de garde du journal de l'année suivante, 1988-1989, à l'encre bleue, d'une écriture penchée qui imite celles d'autrefois : « En hommage à mon protecteur, mon Dieu pour l'éternité qui me secourra à jamais : W. A. Mozart. » Le 27 janvier 1989 (toujours en très mauvais allemand) : « Il y a 233 ans aujourd'hui : naissance de Mozart. » Plus tard, la même année, le mardi 17 juillet, « Karajan est mort hier. C'est une perte pour tous ceux qui aiment Mozart et la musique. »

Ensemble, nous flottons entre deux mondes. Il m'ouvre le sien pour m'éviter de sombrer dans le mien.

Un jour, il y a quelques années déjà, une voyante m'a

déclaré : *Le problème avec vous, c'est que vous n'avez pas su vous incarner !* Je l'ai regardée ébahie, mais soulagée aussi qu'on pose enfin des mots sur ce qui avait duré tellement longtemps : le sentiment de n'avoir jamais trop su ce que j'étais venue faire *là*.

f

Parmi les messages que vous m'avez écrits, Maestro, l'un me va droit au cœur, *Cécile, quel beau prénom, c'est celui de la sainte des musiciens !* Lorsque j'étais enfant, je disais que le 22 novembre était le jour de *ma Sainte*. Je n'aimais pas le mot *fête*, qui me paraissait déplacé pour une martyre : on ne dansait pas, on ne sortait pas de guirlandes, on ne se déguisait pas. Il me semblait d'ailleurs savoir que sainte Cécile avait été ébouillantée, ce qui me paraissait être la raison pour laquelle j'étais capable d'entrer dans des bains chauds sans me brûler. Jamais, pourtant, je n'avais lu son histoire dans la *Légende dorée* ou dans une encyclopédie.

Ce dimanche soir de printemps où j'atterris à Paris en rentrant de New York, où je découvre votre premier message, je tombe de sommeil en revenant chez moi, je m'allonge sur le lit, éreintée par le décalage horaire. J'aime que vous me parliez de ma Sainte, que vous me disiez que vous aimez mon prénom et que vous le trouviez beau. Cela m'apaise et je m'enroule dans votre phrase comme je m'enroule dans les draps frais. Votre douceur vient estomper la noirceur que j'avais découverte de manière si fortuite et tellement douloureuse vers quatorze ou quinze ans. C'était un soir de fête, justement. Beaucoup de gens s'étaient réunis en l'honneur de papa. Il y avait des visages familiers, d'autres que je n'avais jamais vus. Quelqu'un s'était approché de lui ce soir-là. Papa, de son bras, avait entouré mes épaules, il m'avait présentée à l'inconnu en lui disant, *Voici Cécile, voici ma fille aînée*. Je sentais bien qu'il était fier de moi. Autour de nous, sur les murs, il y avait ses dessins. Papa, quand il n'était pas à l'école, qu'il n'apprenait pas à lire aux enfants, passait son temps à dessiner, à graver ou à peindre.

Ce soir-là, parmi ses dessins, ses gravures, ses peintures, je tiens une coupe de champagne. Les gens le félicitent. Lui jubile. C'est peut-être pour ça qu'il s'oublie. Je tends la main à l'inconnu qui aussitôt demande à papa s'il a d'autres enfants. Papa répond, *Une autre fille plus jeune et qui s'appelle Lucie*. Lucie est sans doute encore trop petite pour être présente ce soir-là, ou peut-être court-elle sous les tables avec d'autres enfants. Je me souviens seulement que papa aurait pu avoir fini sa phrase. Mais il la continue, *Car, voyez-vous, pour un artiste, l'ombre et la lumière, c'est essentiel. Cécile, c'est l'ombre, la cécité. Lucie, c'est la lumière*. Il rit. *Mes deux filles me complètent*. Le souvenir s'arrête net. À sa place, une spirale qui m'aspire vers le noir. Et cette faute d'orthographe qui ne m'a jamais quittée depuis : *cessité*. Je sais bien que le mot s'écrit avec un *c*. Un *c* comme *Cécile*. Mais chaque fois, sous mes doigts le mot ripe. Ce soir-là, je suis l'ombre, elle la lumière. Elle a d'ailleurs les cheveux blonds, il ne s'est pas trompé, notre père, même avant sa naissance, puisque le prénom de ma sœur avait été choisi d'avance, choisi par lui. Moi, je n'avais rien vu. Et pour cause. Comment aurais-je pu *voir* ? Je n'avais fait que sentir. Elle qui me répare, qui fait le jour sur ma nuit.

Cette nuit, alors que je m'endors, vos messages continuent de tinter. Ils me tirent du sommeil où je replonge aisément, sentant votre présence dans la pénombre. Au petit matin, je découvre tous vos messages ensemble. Vous m'écrivez, *Vos mots, votre voix m'ont ému.*

Ce soir-là, à quinze ans, tout s'effondre. *Cécile c'est l'ombre, la cécité.* Mon père me décille. Cécile sans cils. Il m'ouvre les yeux sur ma propre noirceur devant un homme que je ne connais même pas. Je suis l'obscurité. Et je m'effondre sans que personne ne le devine. Pourtant tout s'éclaire tout à coup. Ce que depuis toujours je pressentais : ma noirceur, sa lumière. Papa ne voit pas sa maladresse, aveuglé par la fierté d'avoir deux filles dont il a fait les génitrices de son propre clair-obscur. La seule question qui bat à mes tympans : pourquoi à moi le noir ?

À cette époque, je suis fascinée par l'homme qui vient deux fois par an accorder mon piano. J'aime épier ses doigts qui à tâtons cherchent les cordes, puis lorsqu'ils les ont trouvées, les saisissent fébrilement. J'aime l'entendre tirer des accords mouvants du ventre ouvert de l'instrument, comme s'il en extirpait une maladie. Une fois, alors que je l'aide à descendre l'escalier pour le raccompagner, je lui dis, *Faites attention il reste encore une marche.* Il me répond, *Je vois.* Et cela me terrifie plus encore que ses yeux opaques que l'on devine derrière ses lunettes noires.

Vos messages, au petit matin, comme une brassée de fleurs m'éveillent. L'un d'eux pourtant, plus mystérieux que tous les autres, m'affole : *Hier soir, après m'être couché, dans la pénombre, j'ai pris une photo. Et puis je l'ai effacée pour ne pas vous l'envoyer…*

Que vouliez-vous que je voie ? Que vouliez-vous que je ne voie pas ?

f

J'ai quatorze ans et aux murs de ma chambre sont punaisés des posters : le portrait dit « À l'éperon d'or », de 1777, un autre, inachevé, sans doute de 1791, le tout dernier, avec une plage badigeonnée de marron à l'endroit où aurait dû apparaître une épaule, sa poitrine. Mes copines ont d'autres genres d'affiches : de Phil Collins, Étienne Daho, Peter Gabriel… Alors je n'invite à la maison que celles qui ne vont pas rire de moi. Corinne, à qui je raconte la lettre que je viens d'envoyer à l'office de tourisme de Salzbourg, Mozartplatz 5, pour trouver une famille avec laquelle passer l'été.

Récemment, chez mes parents, en cherchant un papier dans un tiroir, j'ai retrouvé la réponse. Je ne me rappelais même pas l'avoir gardée pendant toutes ces années :

Salzbourg, le 29 mars 1988

Chère Mademoiselle,

Nous avons bien pris connaissance de votre demande. Étant donné votre jeune âge, nous pensons qu'il serait plus raisonnable de vous rediriger vers une association d'échanges internationaux. Mme Untel, sa directrice, vous écrira prochainement afin de vous communiquer le nom d'une famille qui ait une fille de votre âge, si possible musicienne.

Nous vous souhaitons bonne chance dans vos projets et de très belles vacances salzbourgeoises.

Avec nos meilleures salutations,

UNETELLE

Quand, plus tard, la lettre de la directrice arrive, avec l'adresse d'une famille prête à m'accueillir, je la montre à mes parents, j'en traduis le contenu, leur avoue qu'il s'agit d'une réponse à une demande envoyée à leur insu. Ils prennent peur. *On ne peut pas te laisser partir toute seule, pas à ton âge!* Ils ne peuvent pas non plus ne pas céder. Ils se disent que ce n'est peut-être pas si mal, ils pensent à l'école, aux classes studieuses des germanistes. Ils finissent par accepter, et un matin, avec maman, on va acheter une robe. Parce que ma lettre a étonné la directrice, elle m'offre une place à un concert du festival. Il me faut donc une jolie robe. On en choisit une blanche, avec des épaulettes. Puis au milieu de l'été, après les vacances familiales, je monte dans un train, un soir, gare de l'Est. Je passe seule la nuit sur une couchette, et au petit jour, je découvre les forêts de Bavière, foisonnantes de chevreuils et de biches, en écoutant des symphonies dans le casque de mon walkman, la Linz, la Paris, la Prague, la Jupiter. La Haffner presque en colère en son début, une symphonie que Lui commande le bourgmestre de Salzbourg. Entre-temps, Wolfgang est devenu célèbre à Vienne, indépendant. Cette symphonie est un peu un pied de nez. Le presto si surprenant par ses très brefs silences où tout peut arriver. Ça danse. Les symphonies se mélangent dans ma tête. Je les écoute les unes après les autres, elles se confondent. Laquelle est laquelle ? Ça danse quand les montagnes surgissent derrière des mâts de cocagne, dans des villages fleuris. À Freilassing, au poste-frontière de l'Autriche, le train fait un arrêt devant une scierie et des milliers d'arbres couchés dont j'imagine qu'un jour, peut-être, ils deviendront des pianos. Penchée à la fenêtre du compartiment, je respire une odeur de résine, d'herbe coupée et d'alpages. Mon walkman s'épuise sur des mesures dansantes ou déchirantes. Ça bat la chamade, j'ai hâte, j'ai peur, le train repart doucement, il ralentit encore sur le pont de la Salzach.

Trois ans ont passé depuis la première fois. J'ai quatorze ans. Depuis la fenêtre se dessinent la silhouette massive et blanche de la forteresse et celles, gracieuses et cambrées, de la cathédrale et de la Kollegienkirche. Et je fais aussitôt à Mozart la promesse de ne plus regarder que Lui, de ne plus penser qu'à Lui pendant cette semaine de vacances.

À cette époque, je commence à observer les corps graciles, les visages encore imberbes des adolescents de mon âge. Lorsqu'ils sont torse nu, à la piscine, j'éprouve l'envie de poser la main sur leur poitrine, de découvrir leur corps du bout des lèvres. C'est l'âge des baisers maladroits et parfois répugnants, du velours un peu rêche des barbes en devenir, de l'intimité écœurante des lèvres et des langues, du désir mêlé de dégoût et d'une curiosité inquiète.

Je lis dans la correspondance des Mozart que Wolfgang est resté glabre jusqu'à l'âge de vingt ans. Un jour de 1777, depuis Salzbourg, Leopold écrit à son fils et à sa femme à Mannheim, en chemin vers Paris : « À propos ! La barbe est-elle coupée, brûlée ou même rasée ? » Anna Maria répond que la barbe n'a « pas encore été rasée, mais simplement coupée aux ciseaux. Cela ne sera toutefois bientôt plus possible et le barbier va devoir faire son ouvrage. » Wolfgang a presque vingt-deux ans. Je me demande s'il est en retard sur les autres garçons ou si les barbes de l'époque poussent plus lentement qu'aujourd'hui. C'est aussi à Mannheim que Wolfgang tombe amoureux d'Aloisia Weber, la chanteuse dont Il épousera la sœur à Vienne, quatre ans plus tard. Constanze. Été 1782.

Je me promets, je Lui promets que pendant cette semaine salzbourgeoise, je ne regarderai pas les garçons. Tout sera pour Lui. Tous mes regards et toutes mes attentions. À la gare, alors sombre et inhospitalière, une jeune fille rousse, aux longs doigts de pianiste, est venue me chercher. Sur le quai, Dina m'attend avec sa mère.

f

Cécile…

Je vous lis… Je vous relis encore. Vous décrivez si bien les troubles, les élans qui me portent vers vous… Étrange, inquiétant, délicieux, si soudain… Votre voix aussi… Votre ton, votre soin à choisir le mot juste… D'ailleurs cela m'intimide un peu. À force de tant voyager, de parler (mal) quelques langues, j'utilise un mot pour un autre, je compense mon approximation par ma passion, comme ces (mauvais) chanteurs qui remplacent l'absence de précision de la pensée par une intensité redoublée, en espérant que cela compensera – là, ce n'est pas mon cas… J'aime votre clarté et j'aime votre mystère. Comme j'aime votre Dirndl… Hier soir, après m'être couché, j'ai pris une photo dans la pénombre, mais je l'ai effacée pour ne pas vous l'envoyer… Alors, ce matin, je vous envoie un sourire par la pensée…

P.-S. : Je serai à Paris demain lundi pour les répétitions d'un concert qui aura lieu en fin de semaine : allons-nous nous rencontrer ?

Nous allons nous rencontrer.

Ce lundi matin, au réveil, je vous l'écris avant de retrouver Tristam qui m'attend devant notre café. De loin je reconnais sa longue silhouette. Il lève la tête. Son sourire m'illumine, il me prend dans ses bras, en pleine rue, pourtant si proche de celle où il habite. Un voisin, un ami pourrait le voir, mais il m'attire à l'intérieur, dans la chaleur un peu humide du café. Je m'installe sur la banquette, il se faufile auprès de moi. Côte à côte, nos corps s'inclinent pour mieux se rapprocher. Demain, nous partons en reportage. Nous sommes heureux. Pourtant quelque chose est moins pur, moins lisse à l'intérieur de moi.

Nous parlons des tout derniers préparatifs, des derniers mails à envoyer, des interviews à caler, de nos valises à boucler, chacun la sienne, chacun de son côté.

— Rendez-vous demain matin vers dix heures trente sur le quai du RER ?

— Dans vingt-quatre heures exactement ! Tu te rends compte, mon Tristamour, plus que 24 heures avant toute une semaine ensemble !

Tristam regarde sa montre.

— Plus que vingt-trois heures quarante exactement.

Je lui souris, serre sa main fraîche. Il penche la tête vers moi, me frôle de son souffle, ferme les yeux, les ouvre de nouveau pour que j'y voie le tumulte coupable. Le voit-il dans les miens ?

De retour chez moi, tandis que je choisis les pulls, les robes, les chemisiers, je me demande si nous allons nous rencontrer, Maestro, pourquoi est-ce que vous rencontrer m'importe tant malgré Tristam. Vous qui n'existiez pas pour moi il n'y a que quelques jours.

Vous m'écrivez que vous avez atterri, que vous êtes à Paris, que vous partez à vos répétitions. Je vous propose de nous retrouver ce soir, brièvement, dans un parc, pour que nos voix se transforment en visages. Le soir enfin arrive mais vous ne m'avez pas répondu. Demain, je serai partie avec Tristam. À mon retour vous ne serez plus à Paris. J'ai peur d'une rencontre manquée. Il ne nous restera que le souvenir d'une vibration furtive, un bref et délicat souvenir estompé par les jours. J'ai peur de ne pas vous rencontrer.

Bruyante, l'imprimante expectore des plans et des adresses, des noms de lieux, de rues d'une ville lointaine que je vais découvrir avec Tristam. Et c'est à ce moment que le téléphone sonne. Je réponds fébrilement.

— Êtes-vous prête pour demain ?

— Je ne suis pas du tout prête.

— Alors restez. Ou emmenez-moi avec vous !

— Mais je vous ai attendu toute la journée et vous savez que je pars avec Tristam.

— Triste âme ? Votre compagnon ? Celui dont vous m'avez parlé ?

— Oui

— Et c'est son vrai prénom ?

— Mais oui !

— À quelle heure partez-vous pour l'aéroport ?

— Dix heures trente.

— Alors rendez-vous demain matin à neuf heures chez vous ?

— Neuf heures, à l'entrée de Sainte-Anne. J'habite tout près des fous.

— Je ne connais pas.

— C'est un hôpital. Tout le monde le connaît à Paris.

— Je n'y suis jamais allé…

Je ris. Vous continuez :

— Mais je trouverai. Et vous aussi, vous me trouverez. Ce sera sûrement moi le plus fou…

f

Nous arrivons chez Dina, une maison qui ressemble à un chalet au milieu de la campagne. Dès le premier jour, nous allons toutes les deux au centre de Salzbourg, à vélo. Rapidement nous devenons amies. Dina connaît les chemins de forêt, les châteaux, les chapelles et les horaires des concerts du Mozarteum où jouent de jeunes virtuoses à peine plus âgés que nous. Le soir, nous rentrons par des chemins mal éclairés au son de la dynamo. La chambre qu'on m'attribue est peinte en blanc sur une sorte de crépi. L'odeur de la maison paraît légèrement âcre, singulière sans pour autant être mauvaise. Il s'agit simplement d'une odeur étrangère. Le matin, lorsque j'ouvre les yeux et que je la respire en scrutant le mur blanc, je sais que je suis à Salzbourg. Loin de ma famille. La sensation se situe entre plaisir et inquiétude. Je me lève, le malaise se dissipe. Dina nous fait du thé, nous rions, nous parlons de la journée qui nous attend, de ce que nous voulons faire. Dina connaît aussi bien la musique que les sentiers de l'Untersberg, la montagne autour de laquelle Salzbourg, la forteresse du sel, a bâti autrefois sa puissance. Un jour, elle m'emmène dans le village de Hallein, où l'on produit encore du sel de mine, comme autrefois, lorsque, pour ce pays si éloigné des mers, il s'agissait d'une denrée très précieuse. C'est ainsi que Salzbourg a prospéré pendant des siècles et construit ses beautés médiévales et baroques.

Dina m'emmène aussi à Fürstenbrunn, un château au pied de la montagne. Le baron et sa famille y habitent encore. Cela m'impressionne. J'imagine que leurs ancêtres ont connu les Mozart. Peut-être même que Wolfgang a joué dans ce château, *musiziert* comme dit l'allemand si joliment et sans détour. L'endroit est lugubre et beau. Il y a une chapelle toujours vide, plantée dans un cimetière, éclairée à la lueur des cierges et des bougies votives. Il faut passer sous la statue de saint Michel terrassant le dragon pour arriver dans la cour principale, délimitée par les bâtisses jaunes des dépendances. Nous nous asseyons sur le rebord d'une fontaine dont l'eau s'écoule depuis la mitre d'un archevêque en pierre, ou sur le banc de bois qui encercle le vieux marronnier. On ne croise jamais personne, et nous nous faisons des frayeurs en regardant, par la fenêtre du seul logis habité, des bois de cerf, des oiseaux morts et des défenses de sanglier ornant les murs. Je garde aujourd'hui pour Fürstenbrunn une attirance si forte qu'il m'est impossible de revenir à Salzbourg sans y passer quelques instants. Je m'assois sur un banc en face de la montagne, je la contemple et le temps coule ainsi.

C'est aussi avec Dina que j'achète ma première Dirndl. Pas celle que vous avez vue, Maestro, non, pas la bleue dans laquelle vous me dites que je suis un soleil, ce qui me fait rougir et rayonner. Celle-là est d'un rose très soutenu, ornée de deux rangées de boutons. Son tablier est imprimé de fines guirlandes de fleurs. Lorsque Dina pousse la porte du magasin, elle s'adresse à la vendeuse dans un dialecte que je ne comprends pas. J'attends à côté d'elle. La vendeuse disparaît puis revient. Elle me tend la Dirndl sur un cintre. Je l'essaie. Elle est un peu trop grande mais c'est aussi celle qui coûte le moins cher et je la veux, ma robe de l'époque de Mozart, je la veux tellement que tant pis pour les manches trop bouffantes et pour le décolleté qui flotte. Le soir même, je la porte. Dina me fait deux nattes qu'elle relève sur le dessus de ma tête. *Tu ressembles à une vraie Salzbourgeoise!* Sa mère prend des photos. Et je sais que dans cette robe il n'y a qu'à Lui que je peux plaire. Si les garçons du collège me voyaient... J'entends d'ici leurs cris narquois. J'entends leurs voix qui muent, *C'est quoi cette robe de gitane?* Une erreur d'aiguillage. Il n'y a qu'à Lui que je veux plaire. S'Il me croisait à son époque, dans une rue de Salzbourg, Il ne penserait certainement pas que je surgis d'un autre temps. Il me regarderait seulement parce que ma robe est belle. De mes deux mains j'en retiens le tissu. Beaucoup de tissu qui m'arrive jusqu'aux pieds. De toute façon je suis sûre que maintenant Il me voit, que Lui aussi déplore les jeans trop serrés, les permanentes et les garçons en mobylettes. Je me fiche des garçons, ceux du collège et ceux qu'on rencontre en vacances, à la plage, même dans les rues d'ici. Je ne les regarde pas. Je ne regarde que Lui. Dans mon vêtement qui va de soi. Et dans la glace, chez Dina, je vois une fille d'une autre époque. J'ai l'impression de la reconnaître. J'ai l'impression d'être enfin moi.

C'est bien dans cette ville qu'il faut être. Dans ces rues où l'on croise des femmes en bustier blanc, la taille serrée par le ruban de leur tablier de coton ou de soie qu'elles nouent sur le devant, en faisant plusieurs tours. Elles se promènent avec leur homme à leur bras, des hommes dans des culottes en cuir de cerf qui ne se lavent pas, qui se transmettent de grands-pères en petits-fils. La Dirndl aussi est une robe rustique. Avec son tablier, on faisait autrefois les récoltes.

Le tablier est resté, même s'il n'y a plus de récoltes, pour l'élégance, la beauté des motifs et le ruban qui souligne la taille. Dina m'apprend à distinguer les femmes mariées de celles qui ne le sont pas, en faisant attention au côté où est noué le tablier.

Le mien, Maestro, est resté noué du côté gauche.

f

— Êtes-vous là ?

Les trois notes métalliques sont tombées dans la nuit. J'ouvre les yeux. Devant mon lit, dans la lueur qui perce à travers les volets, je distingue mes vêtements dépliés sur le rouge du fauteuil. Les Converse grises posées sur le parquet, le passeport sur la valise bouclée. J'oscille entre l'angoisse et l'impatience. Mon front est moite. Je pense aussitôt à Tristam et à notre départ. Et brutalement, la conscience de ce qui ne peut déjà plus ne pas être : demain, nous nous rencontrerons, Maestro. Dans quelques heures à peine. Je saisis le téléphone que je n'éteins plus la nuit. Je regarde longuement votre nom affiché sur l'écran avant de lire votre question, surgie du désir, de l'angoisse et de la peur qui sans doute vous animent, vous aussi. Je vous devine. Je vous réponds que je suis là, que je suis seule, que vous pouvez m'écrire.

— Je ne comprends pas ce qui se passe en moi, Cécile. Cela ne m'est jamais arrivé. Je ne vous ai jamais vue. J'aime votre voix. Elle me bouleverse. Aidez-moi !

Je vous avoue que moi non plus je ne sais pas, je ne comprends pas. Je vous écris que tout est mouvant, flottant, que nous marchons à tâtons vers quelque chose d'obscur et quelque chose de beau. Alors vous me confiez :

— J'aimerais vous voir dans la pénombre, écouter *Verklärte Nacht* en vous serrant tout contre moi.

Cela m'étreint. Je ne sais que vous répondre tant m'émeut votre envie d'écouter avec moi cette musique. Et je me laisse tomber seconde après seconde dans l'abîme de ce couple de *Verklärte Nacht*, une nuit éclairée, *La Nuit transfigurée*, ce couple d'amants dans une forêt obscure. Je m'imagine avec vous dans l'ample violence de cette musique en forme de poème, dans l'aveu de la femme enceinte d'un homme, un autre que celui qu'elle rejoint nuitamment, qui accepte la torture de l'aveu dans une lueur nocturne.

Je vous dis que j'ai peur. Je vous dis que j'ai peur et que j'ai hâte. Vous répondez que vous aussi vous avez peur et hâte. Je vous demande pourquoi c'en est ainsi de nous. Je perçois ce que vous éclairez en moi. Mais savez-vous ce que j'éclaire en vous ? Le sentez-vous ?

Vous m'écrivez longuement. Je vous demande quels sont les concertos pour piano de Mozart que vous aimez le plus. Je vous avoue ma douce hantise. Köchel 488. Vous répondez que vous l'aimez à en mourir.

— Mais j'aime aussi le 491, le 412 et plein d'autres…

— Comme je voudrais que nous les écoutions un jour ensemble !

Plus tard, vous m'appelez. À voix basse, de cette voix dont je remarque que les *r* sont souples et mélodieux, qu'ils se fondent dans la nuit, vous dites :

— Moi non plus, Cécile, je ne comprends pas ce qui se passe en nous.

Je vous supplie :

— J'aimerais partir un jour avec vous. Vous retrouver quelque part…

— Le feriez-vous ?

— Je le ferais.

— Si vous saviez comme je suis là, comme je suis avec vous, Cécile… Ne le savez-vous pas ? Ne le sentez-vous pas ?

— J'ai peur. Pourquoi est-ce si fort, si haut ?

— Je ne sais pas. C'est ainsi. N'ayez pas peur. Posez votre tête sur ma poitrine ou ouvrez-moi la vôtre.

— Je voudrais m'allonger le long de vous, recouvrir votre corps. Mon cœur bat tellement vite.

— Alors offrez-le-moi !

Je ne sais pas comment j'ose, comment je trouve les mots pour vous faire cet aveu, vous dire ce qu'hier soir j'ai su faire à mon corps qui désirait le vôtre.

— Je ne devrais pas vous le dire…

— Si, Cécile, dites-le-moi, car moi aussi… J'ai prononcé votre prénom. Je n'avais pas honte. Je vous vivais.

Je vous demande encore :

— Est-ce que nous serons amants ?

Vous répondez :

— Nous le serons. Pas demain, car nous prendrons notre

temps. Mais nous le serons, je vous le promets, puisque ce soir nous le sommes déjà.

f

C'est Dina qui m'y emmène la première fois, sur les hauteurs de Salzbourg, depuis lesquelles la ville ressemble à une parure au bas de la robe de la Vierge. Maria Plain, celle qui regarde son enfant dans un rayon de lumière. Pour l'atteindre, il faut passer devant les douze stations de la Passion, qui chacune se rejoue dans des chapelles où des Jésus plus grands que nature saignent en soulevant des croix démesurées. L'histoire de Maria Plain est mystérieuse. Au XVIIe siècle, une famille de boulangers bavarois possède une icône de la Vierge à l'enfant. Une nuit, leur maison brûle, mais au milieu des cendres, on retrouve l'image épargnée par les flammes. La nouvelle s'ébruite jusqu'à Salzbourg où une riche et pieuse femme commande à son fils d'aller chercher l'image miraculeuse. Le fils se met en route, il la retrouve, l'achète à grand prix, l'apporte jusqu'à Salzbourg. La dame fait construire sur les hauteurs de la ville, dans une forêt, une chapelle secrète où l'on vient dans la nuit pour prier devant la prodigieuse image. Des guérisons s'accomplissent, des amours se retrouvent, des femmes inféconds deviennent mères. Le secret ne peut pas être gardé plus longtemps. Le prince-archevêque lui-même entend parler de Maria Plain. Il va la voir, elle le subjugue et il lui fait bâtir une église majestueuse et massive. Jaune et blanche au-dehors, or et bleu nuit au-dedans. En 1744, un autre prince veut marquer de son sceau cette Vierge en la coiffant d'une couronne de joyaux. Chacun révère, chacun vénère cette Reine des cieux. Et quels efforts, d'ailleurs, ne faut-il pas déployer pour s'acheminer jusqu'à elle ?

Les Mozart le savaient, eux qui s'y rendaient si souvent, à pied, dans leurs chaussures à talons de bois et boucles métalliques, étroites et haut perchées, qui devaient les faire bien souffrir. Un jour de février 1764, depuis Paris, alors que ses enfants sont très malades, Leopold écrit à son ami Lorenz Hagenauer, « Je vous prie donc de faire dire dès que possible 4 saintes messes à Maria Plain [...] comme nous en avons fait la promesse pour nos enfants. » Le 18 décembre 1777, Anna Maria, en voyage avec son fils, insiste auprès de son mari depuis Mannheim, « Je te prie donc de faire dire [ces messes] : tout de suite à Loreto, et à Maria Plain quand il fera plus chaud afin que Nannerl puisse y aller. Ces lieux sont ma protection pendant notre voyage, j'ai confiance et leur soutien ne m'abandonnera pas. » Mais Anna Maria meurt à Paris quelques mois plus tard, le 3 juillet 1778. Pourtant, un an après, c'est encore un miracle : la Messe en ut majeur, Köchel 317, que Mozart écrit en hommage au couronnement de Maria Plain. Il rentre à peine de Paris. Il est en deuil de sa mère, mais aussi d'Aloisia Weber, la chanteuse dont Il est amoureux et qui L'a éconduit. Il pense sans doute encore à elle en écrivant l'Agnus dei final, porté vers les nues dans la douceur enchanteresse d'une voix féminine qui longtemps, longtemps s'épanche. Berceuse ternaire, berceuse sacrée avant l'éclat de l'allegro final, célébré par le chœur et les cuivres. C'est donc une période pleine de nuit pour une musique pleine de lumière. La messe du couronnement est une nuit éclairée.

Chaque année je retourne à Maria Plain prier et respirer en chemin le parfum des sapins, celui des animaux qui paissent dans les alpages. M'asseoir sur ses bancs noirs et polis par les siècles, sous la voûte bleu et or, dans le scintillement des cierges, et l'odeur fade de la cire qui fond sur le métal, m'est devenu nécessaire. Et je repars les poches remplies de photophores en plastique blanc sur lesquels apparaît la silhouette de l'église jaune aux deux clochers. De retour à Paris, je les allume parfois quand il me faut un miracle.

Ce matin, avant de vous rencontrer, mes pensées reviennent à *Verklärte Nacht*, à cette femme déchirée entre ses deux amants, à cet enfant qu'elle porte. Jamais je n'ai porté d'enfant, sinon, très brièvement, celui de Massimo. Nous étions jeunes l'été de notre rencontre, qui avait eu lieu dans un train entre l'Autriche et l'Italie. Nous étions imprudents. Un jour, devant la glace où j'avais vu mes seins tendus et mon ventre gonflé, j'avais compris que j'étais enceinte. Massimo et moi, nous ne pouvions pas garder l'enfant : enfants, nous l'étions encore trop nous-mêmes. Je m'étais rendue dans une clinique blanche où j'avais enfilé des bas blancs et une chemise blanche d'hôpital. On m'avait emmenée dans une salle d'opération et, en quelques minutes, notre enfant était devenu une petite âme. Longtemps, chaque fois que je suis revenue à Maria Plain, j'ai prié pour que cette âme ait bien chaud, qu'elle ne s'égare pas, qu'elle survole des contrées lumineuses où des mamans célestes sauraient la cajoler. Mais l'âme de mon enfant ne me quittait plus. Alors un soir, dans les bois qui entourent Maria Plain, je me suis enfoncée entre les sapins noirs. L'un d'eux semblait s'élever plus haut que tous les autres. À son pied, de mes mains, j'ai creusé une infime tombe. Puis j'ai jeté la lettre d'amour et d'adieu que j'avais écrite à mon enfant. J'ai refermé le trou avec la terre de Maria Plain. La petite âme s'est envolée. Et pendant plusieurs jours, un peu de terre est restée accrochée sous mes ongles.

Le soir où j'ai revu Massimo, ce printemps, à New York, dans le bar au-dessus de la High Line, avant de nous quitter devant la portière d'un taxi, après toutes ces années, j'ai osé lui demander s'il repensait parfois à cette petite âme blanche que nous avions conçue. Je l'ai pris par la main et il m'a répondu qu'il n'y pensait pas très souvent. Puis il a ajouté, *Mais quand j'y pense, je sais que ç'aurait été un musicien.* Je lui ai dit que moi aussi j'avais pensé que ce serait un fils. Un fils avec un beau prénom. Un prénom de musicien.

f

Il est presque neuf heures. Vous ne m'avez pas encore téléphoné. Je vous écris, *Suis terrifiée.* Vous répondez, *Et moi tout autant que vous.* Ma valise est déjà dans l'entrée. Je suis prête et coupable. Malgré l'impatience de retrouver Tristam et la joie de ne l'avoir qu'à moi seule pendant toute une semaine, je veux découvrir votre visage, le toucher. Je porte des vêtements de voyage – un jean troué aux genoux, un chemisier de soie rose pâle et mes Converse grises. Je n'ai pas fait l'effort de m'habiller élégamment pour vous. Je veux que vous sachiez qui je suis réellement. Quel genre de femmes aimez-vous ? À quoi ressemble la vôtre ? Une chanteuse, m'avez-vous dit. Une Aloisia Weber. Est-elle belle, est-elle plus jeune que vous, que moi ? Finalement, je me maquille pour vous. Depuis la salle de bains, j'entends le téléphone. Je n'ai pas le temps de décrocher. Vous laissez un message : *Je suis devant Sainte-Anne.* Aussitôt je claque la porte, dévale les six étages, cours jusqu'à ce que le porche en pierre de l'hôpital apparaisse au fond de la rue. Mon cœur s'emballe et je ne sais plus si c'est de peur ou d'avoir tant couru. Je ne vous vois pas. J'essaie de reprendre mon souffle en passant le grand porche. Là. De dos. Ce ne peut être que vous, votre silhouette dans l'allée de marronniers aux fleurs écloses, pantalon, veste noirs. Sans doute sentez-vous mon regard car je suis encore loin lorsque vous vous retournez. Vous me souriez, vous approchez. Vous, à un mètre de moi. Moins. Nos visages se touchent presque. Votre peau est rasée, vos cheveux courts ondulent dans votre nuque, vous êtes grand, large, vous tenez à la main quelques disques, moi une rose que j'ai cueillie pour vous sur mon balcon. Nos mains se les échangent sans que nous ne parlions, mes pieds en pointe me hissent vers votre bouche, de biais, depuis la commissure, j'enfonce ma langue en vous. Vous la prenez. Vous l'accueillez. Votre menton est doux. Cela dure un instant et nos visages presque aussitôt d'un même mouvement s'écartent. Nous nous regardons.

Je dis :
— Vous sentez bon.
Vous répondez :
— Je sens le matin.
Vous me prenez par la main en me disant que vous n'étiez jamais venu ici. Je vous demande si vous voulez traverser les jardins.
— Emmenez-moi !
Et vous portez la rose à vos narines tout en fermant les yeux. Je saisis votre bras, nous franchissons ensemble un deuxième porche, celui qui mène aux jardins très secrets où personne n'ose aller, à cause des ombres des fous. Moi je n'ai pas peur, j'aime la pelouse cachée par les lilas, les seringuas, les noisetiers et les saules. La statue de Daphné. Nous nous asseyons sur le banc vert posé au milieu de la pelouse, encore humide de rosée du matin. J'étends une jambe sur votre cuisse, je m'approprie lentement votre présence. Je vous respire. Vous sentez la douceur. Nos langues se caressent à nouveau. Vos mains effleurent mon dos. Je sens mon sexe s'épanouir et vos doigts se glisser sur mes genoux à travers le tissu déchiré de mon jean. Vous me regardez. Vous me souriez.
— Mes filles aussi en portent.
— Vous avez beaucoup de filles ?
— Deux. Des jumelles.
Je baisse la tête. Je m'imagine ces deux filles identiques qui vous ressembleraient.
— Vous me préféreriez en dame ?
— Je vous trouve belle ainsi.

Malgré la douceur de vos mots, je suis tendue. C'est bientôt l'heure de partir. J'ai hâte de retrouver Tristam mais je ne veux pas vous quitter, pas encore. Tristam devinera-t-il votre présence flottante, accrochée à ma peau, à mes vêtements, à mes pensées après votre départ ? D'un mouvement, je me lève et vous me suivez. Notre temps s'est écoulé. Lentement, à regret, je ramasse les disques déposés sur le banc, et vous la rose.

— Je les écouterai à mon retour.

— Viendriez-vous à un concert ? Je dirige *Don Giovanni* à Prague cet automne, viendrez-vous ?

Je ris. Je dis combien j'ai attendu, lors de notre première conversation, combien j'ai espéré que vous m'inviteriez comme vous venez de le faire.

— J'y ai pensé, Cécile, mais je n'ai pas osé.

— Pourquoi pas ?

— Parce que je craignais… j'avais peur que vous ne me trouviez prétentieux.

Je vous embrasse pour toute réponse, je vous dis que je vous trouve beau et je m'enfouis dans votre cou. Vous répondez que vous aimez nos vouvoiements.

Vous effleurez ma main. Je vous fais un aveu :

— C'est étrange… Ce matin, j'ai pensé, *Pourvu que nous ne passions pas au tu.*

— Mais non, Cécile, je vous le promets !

Nous cessons d'avancer, je vous respire à nouveau sous l'allée de marronniers. Vous me serrez tout contre vous.

— Cécile… cela ne m'est jamais arrivé… cette nuit, je devenais fou.

— Moi aussi, je devenais folle.

— C'est pour ça que vous m'avez donné rendez-vous ici ?

Je vous souris. Je me dégage doucement de votre étreinte.

— Je dois rentrer.

Vous répondez :

— Je vous accompagne.

Dans l'ascenseur vous m'embrassez. Vous recouvrez mes yeux de vos lèvres. Nous arrivons déjà. Nous pénétrons dans mon appartement. Vous regardez autour de vous. Vous dites que c'est joli. Vous dites que vous aussi vous avez habité dans des lieux minuscules. Cela nous rapproche, me rassure. Mais vous plongez une main dans mon corsage. J'ai peur et j'ai envie. Vous m'effrayez. Vous, et le désir que j'ai de vous. Si fort et si brutal. Tout tourbillonne. C'est délicieux. Mais je devrais déjà être partie. Il est tard. Vous me demandez de vous embrasser encore. *Encore, encore*, répétez-vous. Nous sommes debout devant la fenêtre. Des voisins pourraient nous voir mais j'écarte votre chemise pour sentir votre peau. Sous mes paumes, votre poitrine est lisse et chaude. Je la regarde, je la respire et tout mon corps en tremble.

— Je dois partir, vous dis-je encore en chuchotant.

— J'ai une voiture, je suis garé tout près. Je vous accompagne.

Je pose ma bouche sur votre ventre avant de refermer les boutons de la chemise. Vos yeux se voilent. Nous sortons, marchons côte à côte. Peut-être me parlez-vous. Peut-être restons-nous silencieux. Je ne sais plus. Vous déposez la rose derrière le volant. La mettrez-vous dans l'eau ? La ferez-vous sécher ? Je me dis, *The Conductor, Der Dirigent me conduit*… Je me demande où nous irons ensemble. Où nous mènera notre rencontre. Vous vous garez devant l'entrée du RER. Vous me demandez de vous envoyer encore d'autres photos. Je vous souris. Vous sortez ma valise, vous m'embrassez une dernière fois. J'ai peur que quelqu'un puisse nous voir, que Tristam puisse nous voir. Je dégage mon corps du vôtre. D'une main vous me retenez. Vous posez votre bouche tout contre mon oreille. Je sens votre voix sur ma peau, elle me donne froid et me donne chaud. Je l'entends dire :

— Quand vous lui ferez l'amour, Cécile, je vous en prie, gardez un peu de moi en vous.

f

Au retour de ces premières vacances avec Dina, j'entre au lycée. Un lycée normal où l'on ne fait pas de musique. C'est la fin. C'est le deuxième échec. Après celui de la pneumonie et du souffle à la voix, c'est le lycée normal puisque je n'ai pas pu, je n'ai pas su faire mieux. La dernière année du collège, je prépare un concours, je joue des heures entières, le soir, le samedi, le dimanche. Je joue. Parfois ça glisse. Je travaille des études, le corps bien détendu, les épaules relâchées pour que le son soit plus chantant, plus souple, et les nuances plus raffinées. La main attrape les touches dans un mouvement de balancier, sans raideur, la pulpe des doigts bien campée pour faire tenir les notes, la main voûtée, le dos arqué au-dessus du clavier. Il faut sans cesse veiller à dérouler avec agilité chaque phrase, choisir un jeu parfois perlé, parfois plus lié, contrôler chaque mouvement. Les mouvements latéraux, quand le majeur sert de pivot au pouce qui s'engouffre sous lui. Les mouvements verticaux, lorsque la paume dans les cadences rapides embrasse presque le bois sous les touches. Assurer les liaisons, les nuances, maîtriser les attaques, ne pas frapper, ne pas former des accords disgracieux, ne pas riper, ne pas riper. Surtout ne pas riper. Parfois ça glisse et c'est facile. Souvent je sens aussi que ça n'ira jamais avec cet instrument de virtuose. Trop de dextérité, trop de mobilité que je n'ai pas, que je n'aurai jamais. Pourquoi n'y ai-je pas pensé plus tôt ? Pourquoi n'ai-je pas pensé à un autre instrument ? Apprendre l'alto, le violoncelle, la flûte, je ne sais pas, faire de mon mieux pour jouer dans un orchestre sinon le diriger, Maestro, comme j'en avais rêvé. Pour un moment encore, je m'accroche aux branches mortes, à ce dernier espoir du lycée pas normal où l'on fait de la musique après les maths et le français du matin. Je me souviens de l'audition. J'ai encore en mémoire mes mains mouillées de peur ce matin-là, qui risquent de riper sur le clavier. Encore une fois, il faut attendre dans un couloir avec d'autres élèves, monter sur une estrade derrière une table où des gens prennent des notes. Cette fois-ci, ce n'est pas pour de faux. Le dernier saut avant la fin, la vie normale où la musique ne sera plus. La vie vidée de ce qui me fait survivre.

Ce jour-là, dans le couloir, je relis ses sonates, ses fantaisies. J'entends des notes dégringoler à une vitesse qui me terrifie et dans une assurance dont je sais bien qu'elle ne sera pas la mienne.

J'échoue. J'entre au lycée normal. La vie de musique, les instruments qu'on accorde, le monde entier, les lumières, l'homme en noir et par qui tout arrive, cela n'existe plus. Cela ne sera pas. Jamais. D'un seul coup, il faut faire taire cela, ce désir-là, le désir de cette vie-là. Il faut le tuer, l'étouffer. Cette vie ne m'appartient pas, elle ne m'appartient plus. Il va falloir tout inventer. Mais quoi ? Je ne sais pas, je n'y ai jamais pensé. Tout est sombre tout à coup, et j'avance en aveugle. Il va falloir tout inventer et je ne veux pas, je ne peux pas. Quoi d'autre ? Quoi d'autre que la musique et que Mozart ? Comment imaginer une vie où elle n'est plus, où Il n'est pas ? Imaginer qu'ensemble ils ne soient qu'un décor. Papa, dans la voiture, quand nous sommes tous les deux, me suggère des idées de métier, il veut me sortir de ma torpeur, de l'abattement, je vois bien ses efforts même si je ne réponds pas, dévorée, révoltée, il dit notaire, professeure, avocate. J'aimerais hurler. Dans les mots qu'il prononce j'imagine le bureau, la bouteille d'eau et la pile de papier. J'imagine la sécheresse. Mon corps asséché, assoiffé, desséché. Plus une goutte de musique à l'intérieur de lui, plus de sève, plus de substance pour le faire résonner. J'imagine le futur. Un disque tourne dans une pièce où tout me semble inanimé. La musique est devenue un décor. Un mauvais rêve éveillé. Je suis assise et je suis vide. J'ai quinze ans et il n'y a plus de sentier. C'est une forêt la nuit. C'est une nuit sans lumière. Je n'ai nulle part où avancer.

Sur le muret de la cour du lycée normal, là où tout le monde se retrouve à la récré pour fumer des cigarettes et s'embrasser, un jour, on me demande quelle musique j'aime. C'est une question d'adolescents. J'imagine qu'on la pose encore aujourd'hui, ou peut-être qu'on échange ses playlists pour se jauger plus facilement. Pour moi, c'est la pire des questions. Je me crispe. J'ai honte de dire que mon radio-réveil est bloqué sur une station classique, que j'aime par-dessus tout Mozart. J'ai peur qu'on me classe dans la catégorie des *pas cool*, les élèves qu'on évite, qu'on n'invite pas aux fêtes, à qui l'on ne parle pas. Je fais bien attention à porter les bons jeans, des pulls et des chemises d'homme. Je coiffe mes cheveux en coque, dans le style des années 40, comme c'est la mode, en les retenant par une barrette. Je ne voudrais surtout pas que l'on devine ce qui à l'intérieur me hante.

Ce jour-là, devant tout le monde, une fille me demande, *T'aimes quoi comme musique ?* Dans ma poche, je triture un trombone, je me blesse le bout des doigts. Heureusement, il y a Corinne. Elle ne dit rien, elle me soutient de son regard. Elle est seule à savoir qu'à part Mozart je ne connais pas grand-chose, simplement quelques noms glanés ici et là. Qu'une fois rentrée chez moi, après l'école, enfermée dans ma chambre, assise à mon piano, dans ma Dirndl, malgré l'échec, je quitte encore ce monde.

Sur le muret, ce jour-là, dans la cour, je prends l'air dégagé, je me jette à l'eau, on verra bien, je dis, *Police*, et puis j'ajoute aussitôt, parce que je sens que j'ai touché juste, pour crâner, je prends de l'assurance, je ne devrais pas, c'est une erreur, j'ajoute, *Sting, j'aime pas trop*. On me rétorque que Sting est le chanteur de Police. Je réalise ma bourde, m'en mords tout l'intérieur des joues. Il va falloir composer, inventer. J'improvise. Je réponds que c'est étrange, mais que c'est ainsi. Je dois être écarlate, je voudrais disparaître. Comment leur expliquer que je préfère Mozart aux Rita Mitsouko, à L'Affaire Luis Trio ? Que mon passe-temps favori reste toujours le même : recopier à l'intérieur d'un grand cahier aux pages qui sentent bon la poussière le nom des œuvres du catalogue Köchel que je connais déjà. L'Exsultate jubilate, Köchel 165, ce motet de jeunesse au tempo vif et qui exhorte à exulter, dont le récitatif évoque un opéra des âmes béates. Un chant éblouissant, irradiant, qui m'enlève, m'élève loin du muret, loin du lycée normal où je ne veux pas passer pour l'attardée que je suis. L'attardée dans le temps, dans une tout autre époque.

Alors j'essaie d'apprendre. J'emprunte à Corinne des cassettes de Depeche Mode, Stevie Wonder. J'essaie. Lentement j'apprends à m'incarner. Déjà, en colonie de vacances, une année, vers douze ans, il y a une fille que je surnomme *ma copine moderne*. Je tente de l'imiter. Elle connaît tous les tubes. Elle porte des T-shirts à l'effigie des groupes de rock : les Scorpions. *Still Loving You*. Moi, j'arrête pas d'aimer Mozart. J'habite un autre monde que je colmate à l'intérieur mais qui parfois s'échappe. J'ai honte, je ne sais pas comment faire autrement. Ce monde à l'intérieur, c'est celui où Mozart est vivant. J'ai quinze ans, j'ai seize ans, dix-sept ans et parmi les garçons que je convoite, les Sébastien, les Guillaume, les Antoine, tous ceux que je regarde à la piscine, pendant les cours de gym, au zénith, au panthéon de l'Homme, il y a WOLFGANG. Même si je sais, maintenant. Je sais que je ne saurai jamais ce qu'on ressent quand sous ses mains levées un orchestre s'élance et qu'une voix entonne l'Exsultate jubilate.

f

Il m'attend sur le quai. Son écharpe nouée autour du cou, de la couleur de son regard, couleur de ciel d'orage. Il me fait signe de la tête, il s'approche. Ma poitrine se resserre quand nos lèvres se touchent. Sur les miennes, il y a encore votre baiser. Votre présence si fraîche. Je suis lourde de vous, imprégnée de vos mains qui ont frôlé mon dos, ma poitrine. Il me semble que chacun de mes gestes et de mes mots trahit maintenant votre présence. Pourtant Tristam ne semble pas vous deviner en moi. Il est d'une légèreté que je voudrais avoir encore.

Me revient soudainement en mémoire ce dimanche d'hiver où pour la première nous nous étions donnés l'un à l'autre. Tristam m'avait téléphoné. Sa voix était fluette au téléphone, hésitante. Un souffle. *Je viens te voir*. Mais tout à coup le ton était devenu plus ferme, déterminé. *Je serai chez toi dans dix minutes.* Je redoutais que nos corps se rapprochent pour finalement devoir se séparer. Car la vie de Tristam était ailleurs, auprès d'une autre femme. En raccrochant, j'avais fait le tour de la pièce, affolée. Très vite, il était là. J'ouvrais. Il avançait dans le couloir, il me poussait de sa poitrine dans l'entrée. Je regardais ses fines mains défaire la fermeture de son manteau puis le poser sur le fauteuil. Il s'était imaginé l'endroit autrement. Moins lumineux, la porte à la place du balcon, le lit où il était vraiment. Je lui disais que l'on pouvait encore en rester là, rester là sans bouger, allongés sur mon lit jusqu'au soir. J'avais fermé les yeux, je sentais les plis des draps sous ma nuque, son cœur battre et le goût de ses lèvres posées sur le côté des miennes. Je lui disais que je le voulais sans partage, tout entier, jour après jour, à moi seule, car tout était si fluide quand nous étions ensemble, car nous passions des heures à nous parler sans jamais nous tarir, et si nous tarissions, le silence était toujours très tendre et toujours éloquent.

Plus d'une année s'est écoulée depuis ce jour, le premier où j'ai bercé Tristam contre moi, sa tête posée sur ma poitrine. À cet instant je ne désirais rien d'autre que ma main dans ses cheveux. Pourtant il avait retiré mon chemisier, je l'avais aidé à soulever son T-shirt. Son torse était apparu, sa peau très fine et presque transparente. Je contemplais le tracé de ses veines sur ses bras. Nous étions nus dans ce lit sans bouger. Nous respirions à peine, comme si nous avions peur de réveiller quelqu'un. Je ne reconnaissais plus ses yeux devenus démesurés par la proximité des miens. Il me disait qu'il aurait pu rester dans ce lit pendant des jours entiers, qu'il s'y sentait heureux. Dehors il pleuvait fort. On entendait les gouttes frapper contre la vitre.

Le soir, je l'avais raccompagné jusqu'au coin de sa rue, puis je l'avais laissé avancer seul et me quitter. Sa silhouette était devenue toute petite lorsqu'elle avait atteint la porte de l'immeuble où il vivait avec cette autre femme. Il s'était retourné, m'avait regardée, je ne savais pas s'il me souriait, et soudain il avait disparu, avalé dans l'entrée. Il n'avait plus écrit. Pendant un certain temps nous n'avions plus écrit.

Mon téléphone vient de vibrer. Comment vais-je vivre avec vous dans ma tête ? Maintenant je ne peux plus faire que vous n'existiez pas. J'aimerais me laisser dériver comme une branche morte sur un fleuve, me laisser emporter, éprouver simplement les remous, les courants, glisser, glisser, juste glisser.

Avant de monter dans l'avion, à la hâte, je regarde vos messages. Une joie puissante éclate quand vous me dites que je suis dans vos pensées comme vous êtes dans les miennes. Je lis que vous avez aimé la couleur de mes yeux, la douceur de mon front. Vous écrivez : *J'entends votre voix… entendez-vous la mienne ?*

Je l'entends. Je vous entends, Maestro. Depuis des jours, je ne fais plus que vous entendre.

Comment expliquer cette émotion, mon désir de ne pas y résister, malgré la présence de Tristam ? Il me semble même que vous formez, vous et lui, deux cercles qui m'entourent, protecteurs, concentriques, qui ne se rencontreront jamais. Tristam doucement me prend la main avant que l'avion ne décolle. Et je n'éprouve pas ce pincement habituel lorsque la terre se détache. Je le regarde. Malgré lui je suis à vous, le prolongement de l'homme qui vit depuis toujours à l'intérieur de moi. Comme si nous nous retrouvions après une longue absence, que nous nous connaissions depuis un temps hors du temps. Est-ce pour cela que je ne peux pas vous résister ? Vous m'élevez dans un souffle. Nous flottons tous ensemble.

En arrivant de l'autre côté de l'Atlantique, je m'imagine que vous dormez déjà. Je nous revois sur le banc de Sainte-Anne. Ma cuisse sur votre cuisse, vous me parliez de Mozart. Vous me disiez :

— Ses œuvres ne viennent pas vous prendre. Il est rare qu'un public se lève pour applaudir à la fin d'une symphonie de Mozart, comme pour une musique romantique. Ce sont des œuvres qui demandent un effort. Mais lorsqu'on entre dans leur monde, la beauté est absolue.

Je ne parle plus, je vous écoute me raconter une symphonie, la Jupiter. Je vous demande d'en fredonner le début, de le rappeler à ma mémoire. Vous parlez du dernier mouvement, de l'apothéose, vous dites que son langage musical est celui d'une messe.

— On peut y entendre comme un magnificat, comme une œuvre en latin. À l'inverse, le menuetto du 3e mouvement, c'est une musique de théâtre. Il y a toujours cette juxtaposition chez Mozart : le sacré mêlé à une sensualité extraordinaire.

Nous perdons le fil du temps. Vos mots coulent. Et je voudrais que mon cœur s'arrête quand votre voix m'emmène jusqu'à Mozart.

— Dans la structure, il y a des carrures de quatre mesures, suivies par des carrures de 3 mesures. Le 4, c'est la croix.

— Et le 3, la Trinité.

— Oui, ou bien le triangle maçonnique. Mozart est à la fois profondément complexe et tellement lumineux !

Vous me regardez. Vous me souriez. J'embrasse votre sourire. Et c'est à ce moment que nous quittons le banc parce qu'il est tard et que je dois partir.

Cette nuit, après être arrivée dans une chambre d'hôtel, dans une ville étrangère, je m'endors sous le souffle régulier de Tristam qui rythme le silence. Je pose ma main sur le flanc de cet homme qui dort auprès de moi et qui hésite à me choisir, de peur de faire voler sa vie en éclats. C'est peut-être aussi pour cela que je vous accueille dans la mienne, Maestro. Malgré les rires et la complicité, malgré les mots qui avec lui ne tarissent pas.

Soudain vous existez. Je ne peux plus faire que vous n'existiez pas.

Au petit jour, alors que Tristam dort encore, je sais que vous m'aurez écrit. Je résiste. Et puis malgré la culpabilité, sans faire de bruit j'allume mon téléphone. Je pense à vous depuis les bras d'un autre.

« J'aimerais vous regarder dormir, Cécile. Dormez-vous ? »

Je vous réponds que je suis réveillée. Vous écrivez aussitôt :

« Il est midi, je suis encore au lit. »

Je vous demande pourquoi.

« Parce que je n'ai pas envie de me lever… Parce que c'est de vous que j'ai envie. »

Tristam fait un mouvement de paupières lorsque vous demandez :

« Voyagez-vous souvent ensemble ? À quoi ressemble-t-il ? Comment est-il ? »

Je vous réponds, en regardant son visage s'éveiller, qu'il a une voix divine et des yeux de ciel d'orage.

« La juxtaposition du sensuel et du sacré. »

f

Corinne est venue me chercher un matin chez mes parents avec sa voiture blanche. Plusieurs années s'étaient écoulées depuis le lycée normal. J'avais vingt et un ans et je venais de finir, à Paris, le premier cycle de mes études d'allemand. C'était la première fois que je partais si longtemps. Toute une année universitaire. C'était aussi l'aboutissement d'un souhait qui avait duré toute une enfance : vivre à Salzbourg. Quelques semaines plus tôt, j'avais écrit à Dina pour la prévenir de mon arrivée. Car les étés que nous avions passés ensemble s'éloignaient peu à peu dans le temps. Ma lettre était revenue. Il n'y avait plus personne à l'adresse du chalet de bois dans la campagne. Avec Corinne, nous avons rangé dans le coffre les valises remplies de vêtements et de livres. Maman nous a fait signe de la main, avec papa et Lucie. Le soir, mille kilomètres plus loin, Corinne et moi sommes arrivées devant la résidence d'étudiants, un bâtiment moderne, sans aucun charme. Mais depuis la fenêtre de ma chambre, on voyait le sommet du Gaisberg, doux et érodé. Nous nous sommes installées, faisant d'un carton une table basse, approvisionnant le petit frigo en tablettes de chocolat. Et après les inscriptions à l'université, nous avons passé une semaine de vacances à arpenter les routes de montagne autour du Grossglockner. À notre retour, les étudiants étaient arrivés. Corinne est repartie. Je lui ai fait signe de la main jusqu'à ce que sa voiture disparaisse au coin de l'Alpenstrasse.

Cette ville, que je connaissais de manière viscérale, que j'avais parcourue plusieurs étés avec Dina, m'apparaissait maintenant sous un jour différent, inquiétant : celui de la faculté, des cours, des étudiants qui parlaient fort dans leurs dialectes des montagnes. Celui du quotidien. Salzbourg sortait du rêve de mon enfance mais en gardait cependant le mystère. Cela tenait-il à la langue ? Durant le séminaire sur la poésie d'Ingeborg Bachmann et de Paul Celan, et celui sur les romans de Thomas Bernhard, je me sentais minuscule. J'avais pourtant la certitude que c'était une façon détournée de retrouver la musique : la langue de Paul Celan, celle de Thomas Bernhard et d'Ingeborg Bachmann était aussi, d'abord, le prolongement de celle qu'avait parlée Mozart.

Après le départ de Corinne, je me suis acheté un vélo. Le soir, plutôt que de rentrer dans ma chambrette après les cours, je m'enfonçais sous les grands arbres jaunissants de la Hellbrunner Allee, la longue promenade qui mène jusqu'au château d'été des princes-archevêques. Je pédalais très vite en direction de l'Untersberg, qui grossit après Anif, et que l'on rejoint par des villages où les biches et les chevreuils viennent paître à la tombée de la nuit dans des jardins sans clôtures. Cette campagne entre prés et forêts, où des clochers bulbés sonnent encore l'angélus, s'apparentait pour moi à une respiration, profonde et nécessaire. Rien n'était plus évident qu'être *là*, comme s'il s'agissait d'un lieu de naissance de l'âme. Comment expliquer autrement l'évidence ? Je me disais qu'il devait exister, pour chacun d'entre nous, un endroit sur cette terre où s'opérait la communion entre le tellurique et le céleste. Pour moi, ce lieu était ici, devant cette imposante montagne, à la naissance des Alpes. Je demandais souvent à ceux qui m'entouraient s'ils avaient une ville, un village, un pays au monde qu'ils préféraient, où ils se sentaient mieux qu'ailleurs. Car j'attendais une sorte de confirmation de ce que je ressentais depuis toujours. Pourquoi, sinon, n'aurais-je pas éprouvé cette évidence dans d'autres villes tout aussi belles et tout aussi anciennes, à Prague, à Venise, à Munich, Naples ou Vienne ? D'où cela me venait-il ? Cet amour au-delà de l'amour pour les montagnes déployées au loin, les sommets qui bleuissent le soir dans des parfums d'herbe coupée, les églises aux courbes féminines, les châteaux jaunes perchés sur des collines, et cette musique, sublime, née là, dans cette campagne ? Les œuvres que Mozart avait composées à Salzbourg, la Symphonie Köchel 201 pleine d'allant et de grâce, le Concerto « Jeunehomme », Köchel 271, si bouleversant dans le deuxième mouvement, la Symphonie concertante pour violon et alto, et tant d'autres encore, et tout le reste aussi, tout surgissait de la même source, trouvait ses racines au pied de cette montagne.

Salzbourg m'apparaissait autrement, différemment dans les brumes de l'automne. Les touristes l'avaient délaissé, le Mönchberg et le Kapuzinerberg prenaient peu à peu des teintes dorées, aux arbres se formaient des bulles d'ambre. Les chemins qui s'enfonçaient derrière la roche, derrière le massif bloc du Festspielhaus, et qui menaient à des chalets cachés dans des forêts et des alpages en pleine ville, là où paissaient encore des vaches, devenaient plus mystérieux dans la lumière oblique. À la terrasse du café Tomaselli, où j'écrivais mes premières lettres à Massimo, rencontré quelques mois auparavant, les parasols vert et blanc avaient été rentrés pour l'hiver. Les *belles toilettes* et les Dirndl qui venaient s'y asseoir pendant le festival avaient disparu, et sur la place de l'Alter Markt, devant la fontaine où jaillissait l'eau des montagnes, dans les rues froides, sur la mirifique place de la Résidence, certains matins, le sol se poudrait déjà de neige. Lorsque je ne sortais pas avec d'autres étudiants, dans des bars installés au fond des caves, ou dans un vieil hôtel où l'on buvait d'énormes bières sous un grand crucifix, j'aimais passer des heures dans la salle éclairée de lustres en fin cristal de chez Tomaselli, sur ces banquettes marron, sous les portraits austères des propriétaires d'autrefois. Il fallait commander à des serveuses en habit de soubrette des pâtisseries extravagantes qu'elles transportaient sur des plateaux soulevés d'une main. On plongeait sa cuiller dans un *Melange*, café noir surmonté d'une collerette de dentelle à la crème. On se levait pour choisir des journaux fixés à des tiges de métal prolongées d'un manche de bois, et qui pendaient à des patères.

Un soir, je rentrais seule de chez Tomaselli, il faisait un peu frais, déjà nuit, les feuilles étaient tombées des arbres, je rangeais mon vélo lorsque j'ai entendu, depuis une pièce du rez-de-chaussée de la résidence, quelqu'un jouer du piano. C'était le jeu d'un virtuose, comme ceux que nous allions écouter avec Dina autrefois. J'avais remarqué déjà cette pièce vitrée et le piano à demi-queue. Je m'étais approchée : une silhouette féminine se courbait face au clavier en dansant presque. C'était une silhouette à la chevelure d'automne. J'avais frappé contre la vitre. Elle s'était retournée. Était-ce vraiment le hasard ? J'ai aussitôt reconnu le visage, les yeux verts de Dina. Nous sommes tombées dans les bras l'une de l'autre. Presque cinq ans s'étaient écoulés depuis le dernier été passé ensemble. Désormais nous étions deux jeunes femmes. J'ai évoqué la lettre envoyée et qui m'était revenue. Dina m'a expliqué que ses parents avaient quitté Salzbourg, qu'ils s'étaient installés à Vienne mais qu'elle était restée pour le Mozarteum. Nous avons longtemps ri, ce soir-là, de ce coup du destin qui nous réunissait. Mais au fil des semaines, je n'ai jamais croisé Dina que là, devant ce piano auquel il fallait l'arracher pour échanger quelques mots avec elle. Il me semblait que ses doigts étaient devenus le prolongement organique des touches, que ses pieds s'étaient enracinés sous les pédales. Et ce fut une sorte de consolation, penser que cette vie de musicienne n'était pas vraiment celle que j'avais tant rêvée. La vie de Dina était une vie de sacrifices, difficile, solitaire. Alors je m'étais dit qu'il n'y avait sans doute rien à regretter. Que tout, peut-être, s'était joué pour le mieux.

f

Nous avons roulé longtemps avant d'arriver jusqu'à la forêt. Une forêt noire et lointaine. Nous avons d'abord pris une autoroute au bord de laquelle gisaient des cadavres d'animaux, des cerfs et des élans heurtés pendant la nuit. Devant ce spectacle, nous nous lançons des regards en silence, au bord d'un rire nerveux. Maintenant nous rejoignons une petite route ponctuée de maisons de plus en plus distantes les unes des autres. Le GPS répète qu'il faut tourner sur un chemin de terre, nous enfoncer dans la forêt. J'espère que ce sera merveilleux. Il *faut* que ce soit merveilleux, que ce lieu plaise à Tristam. Après le tourbillon des rendez-vous, des interviews, des visites d'hôtels, d'ateliers, de musées, après les longs dîners professionnels, nous aspirons au calme de ces trois jours et de ces trois nuits seuls ensemble. J'aimerais aimer ce lieu avec Tristam, que nous en fassions plus qu'un article. Je vais prendre des notes, il prendra des photos, mais je voudrais avant tout que nous y forgions des souvenirs. Malgré vous, malgré votre présence en moi, ou peut-être grâce à elle, qui me confère une nouvelle force, à la fois inconnue et familière.

Lorsque nous arrivons, tout semble plus beau encore que je ne l'avais imaginé, même la cabane au bout du chemin de terre devant laquelle une femme attend pour nous conduire vers une maison, *La plus grande du domaine*, nous dit-elle, tout au fond de la forêt, faite de pierre et de bois, comme un palais bucolique et de plain-pied, gigantesque et formidable. Nous partons d'un fou rire lorsqu'elle referme la porte et qu'elle nous laisse à l'intérieur, perdus dans cette immensité. Nous nous tenons au milieu du salon où l'on pourrait donner un bal, face à la cheminée. Tristam fait un tour sur lui-même. En contrebas, derrière la baie vitrée s'étend un lac. Nous avançons vers la terrasse, abandonnons notre maison sans même songer à la fermer, nous traversons les sous-bois en débusquant des chevreuils. Pas un seul être humain, nous deux au milieu de la nature. Parmi les arbres, dans un abri, nous découvrons un canoë. Nous le portons jusqu'à la berge et nous laissons glisser doucement sur le lac, dans le calme du soir. La nuit tombe, des oiseaux s'abreuvent en rasant l'eau, des libellules s'accrochent à nos cheveux. Et moi j'accroche au cou de Tristam ma chaîne et son petit cœur en or avant de plonger dans l'eau obscure.

Cette nuit, quand nous entrons dans le grand lit, dans une odeur de bois chaud, Tristam me tient serrée à ne plus pouvoir en respirer. Trois notes métalliques s'égrènent au milieu du silence. Je ne me lève pas, je ne regarde pas. Je demeure dans l'étreinte. C'est au petit matin que je découvre, beau et spectral, tant il me semble que de loin vous parvenez à percevoir mes élans et mes gestes, votre message qui m'intime de ne pas vous oublier depuis les bras de mon bien-aimé.

Les jours se succèdent comme vos mots. Les jours passent contre vos mots qui tintent et retentissent, me remplissent d'allégresse autant que d'inquiétude. J'aimerais dire à Tristam combien vous êtes plus fort que moi, que je ne peux pas vous résister, que je n'y ai même pas songé, qu'il est maintenant trop tard.

Tôt ce matin, je suis assise sur le sofa de cuir face à la cheminée, dans ce salon immense dont les fenêtres ouvrent sur la forêt. Tristam se lève et un parfum se répand, celui du café qu'il prépare, dont il remplit deux grandes tasses qu'il pose l'une après l'autre sur la table basse avant de s'installer auprès de moi. J'allonge mes jambes sur ses genoux, d'une main il caresse mes pieds nus. Nous buvons en silence, dans la pièce irradiée d'un soleil qui perce les feuillages. Tout à coup, sur la table, mon téléphone s'éclaire, fait résonner ses trois notes désormais habituelles. Je me tourne aussitôt vers Tristam. Je m'entends prononcer un prénom. Le vôtre. Tristam ne comprend pas. Je répète :

— Le chef d'orchestre que j'ai interviewé quand j'étais à New York.

— Il t'envoie des messages ?

Je ne peux pas raconter que vous et moi, nous nous sommes rencontrés, embrassés, caressés.

— On se parle…

Tristam porte la tasse à ses lèvres, boit une gorgée. Ses yeux se ferment. Il dit très bas, avec sarcasme :

— C'est bien, un chef d'orchestre. Ce doit être intéressant.

Je ne réponds pas. Il se lève, se dirige vers la terrasse, sort, s'éloigne à travers la forêt. Je reste un long moment assise sur le divan, sidérée. Pourquoi avoir parlé de vous ? Les mots ont jailli, indépendants de moi, avec une force souterraine. Je porte ma main droite à ma bouche, tire violemment sur la peau de l'index. Le sang surgit. Je retourne à la chambre. Dans ma valise ouverte, je prends un jean et une paire de baskets, m'habille en hâte et sors de la maison. Je fais le tour du lac, mets un temps fou à retrouver Tristam, assis sur un tronc d'arbre. Dès qu'il entend mes pas faire craquer les branches mortes, sans même lever la tête, il me demande :

— Vous vous êtes rencontrés ?

Je reste silencieuse.

— Et vous allez vous revoir ?

— Je ne sais pas.

Nous rentrons à Paris à l'aube d'un mercredi. Le jour est encore faible. C'est le début du mois de juin, il fait froid. Nous ne parlons plus de vous. Et pourtant vous êtes là, comme un spectre entre nous. Dans l'avion du retour, Tristam a évoqué notre première rencontre. Était-ce pour vous chasser ? Depuis longtemps nous n'avions pas repensé à ce premier reportage après lequel nous nous étions revus. Nous nous donnions des rendez-vous dans des parcs, des musées. Nous marchions tout doucement l'un à côté de l'autre. Nous entrions dans des cafés, des restaurants, on choisissait un coin intime, on se regardait, c'étaient toujours ces mêmes regards pleins de sourires, de lumière, et de mots que nous n'osions pas nous dire. Pourtant, on se parlait, on se coupait la parole. Je riais tout à coup. Tristam me demandait pourquoi. Je riais du bonheur d'être assise face à lui. On était tant accaparés l'un par l'autre que l'on mangeait sans savourer. Je lui demandais, *C'est bon ?*, il répondait, *Je ne sais pas*. Et en sortant, on marchait côte à côte encore, nos épaules se frôlaient. Il me parlait de la femme qui partageait sa vie, de son amour fini. J'aurais voulu qu'il dise, *Je vais partir pour toi*. Mais il soupirait, *Si j'avais été libre…* Il me poussait de l'épaule, nous nous frottions l'un contre l'autre comme deux chats affectueux. Et j'espérais, j'espérais… Je me disais qu'il aurait bien la force de tout changer, de tout recommencer.

Notre premier baiser, je l'avais bu sur sa tasse. J'avais posé mes lèvres sur la trace des siennes. Longtemps nous n'avons fait que nous retrouver dans des jardins et des cafés.

Ce mercredi matin de juin, dans le taxi qui nous ramène chacun chez soi, Tristam ne parle pas. Je pose ma main sur son épaule, il la retire comme un reproche. Et je pense aussitôt à ce duo de Masetto et Zerlina qui s'est laissé séduire par l'envoûtant Don Juan. « Masetto, écoute donc… Masetto, je te dis… » « Ne me touche pas. » « Pourquoi ? » « Pourquoi ? Tu me demandes pourquoi ? Perfide que tu es ! »

En quittant le taxi, Tristam me donne un baiser sec et sans sève comme un arbre en janvier. Je sens déjà le poids des jours prochains, de son absence, de son silence sans doute. Je pense aussi aux mots que vous m'aurez écrits. Comme si rien, désormais, ne pouvait m'arracher à vous.

Car oui, je pense à vous. Malgré Tristam. Incessamment. Vous rayonnez en moi. Vous exsudez. Je pense à vous qui maintenant êtes à New York alors que je viens d'atterrir à Paris, de retrouver l'Europe quand vous venez de la quitter. Nos chemins sont un chiasme : nous aimons, fréquentons les mêmes villes. Les mêmes villes nous appellent, mais dans des temps différents, séparés.

Pour atténuer la peine et l'inquiétude, je téléphone à Lise. Je lui raconte le voyage, mon aveu à Tristam, mais aussi vos messages, notre rencontre dans les jardins de Sainte-Anne, le mystère de votre voix. Le trouble. L'ivresse. Lise me demande ce qui m'a plu si violemment chez vous.

— Je ne sais pas exactement… Sa voix ? Ses mots ? Une vibration, une impulsion qui nous dépasse. Je n'ai jamais connu ça. Sentir un lien se nouer juste à travers une voix.

— Sans doute parce qu'il est musicien.

— Oui, aussi. Comme s'il me reliait tout à coup… Comme si le passé tout à coup prenait corps avec lui.

— Tu crois que c'est… ?

— Que c'est Mozart qui… ?

— Oui, qui te l'envoie.

— Pourquoi pas, après tout ?

Et nous rions comme autrefois.

Ce jour-là vous m'écrivez encore. Vous dites que vous dirigez le soir même un grand orchestre, *Un orchestre mythique*. Dans la nuit, vous me téléphonez. Je dors déjà, il est très tard et je suis fatiguée par le voyage, les décalages horaires. D'une voix ensommeillée, je vous réponds comme si se poursuivait le rêve que vous avez interrompu, je ne vous laisse pas parler, je vous demande quelque chose d'insensé : je voudrais qu'avant de faire partir le tout premier accord, vous me mettiez dans vos pensées, vous gardiez un peu de moi en vous quand vous aurez l'orchestre dans les bras.

— Le ferez-vous ?

Vous répondez que vous le ferez. Vous dites cela avec élan. Puis tout à coup, vous retombez dans le silence. Je vous demande si tout va bien. Vous me dites non.

— Je ne pourrai pas.

— Vous ne pourrez pas ?

— Mais non, Cécile, je ne pourrai pas. Si je le faisais, je ne serais plus chef d'orchestre. Je serais quelqu'un qui joue à l'être !

Je ne vous dis rien, je souris. Vous auriez pu vous taire et me dire oui. Vous taire, me dire oui et ne pas le faire. Mais vous dites non et je n'ose pas vous avouer combien cela m'émeut, combien cela me rassérène. Je n'ose pas vous dire que tout à coup je n'ai plus peur. Que vous venez de chasser la pensée qui me hante : que vous soyez Don Giovanni, que vous m'ayez séduite comme vous en séduisez peut-être d'autres. Votre candeur m'apaise. Je ne doute plus de vous.

Le lendemain, il est très tard lorsque vous me rappelez. Encore une fois je dors, vous me réveillez. C'est presque le matin, dehors les oiseaux s'égosillent. En rentrant du concert, vous me téléphonez.

— Cécile…

Vous semblez agité, vous entamez des phrases que vous ne finissez pas. Je voudrais vous calmer mais vous parlez trop vite.

— Cécile, si vous saviez… J'ai pensé à vous avant, et même pendant le concert. Je pense à vous follement…

Vous marquez un temps bref, peut-être une réflexion. J'entends votre respiration, vos soupirs.

— Je pense à vous follement, et c'est parce que vous êtes…

Vous hésitez, vous n'osez pas poursuivre. Je vous presse, vous finissez par dire :

— Parce que vous êtes ma petite sœur d'âme.

f

Un soir, durant cette même année où j'étudiais à Salzbourg, alors que je traversais le cimetière, devant la danse macabre du XVIIe siècle qui monte la garde à l'entrée des catacombes, parmi les tombes les plus anciennes d'Europe, j'ai découvert une chapelle attenante à l'église de Sankt Peter. Une femme y était entrée. Je l'avais suivie. Plus tard, j'y suis revenue souvent. Il suffisait de descendre trois marches, d'abaisser la lourde poignée froide en métal travaillé, de pousser la porte en chêne, puis de soulever la couverture épaisse, qui, l'hiver, empêchait le vent de s'engouffrer dans ce ventre de marbre, pour pénétrer dans un monde hors du monde, hors du temps. Les moines qui se trouvaient parfois à l'intérieur rejoignaient cette chapelle par une porte dérobée, donnant sur l'église principale. Il n'y avait que six rangées de bancs, et au-dessus de l'autel, c'était une Vierge à l'Enfant étincelante, noyée dans des rayons d'un soleil d'or. Je me disais que Wolfgang avait dû s'asseoir là autrefois, pour prier seul, et que cette Vierge avait dû demeurer tout au fond de ses souvenirs, jusqu'à Paris et plus tard jusqu'à Vienne, et que c'était peut-être à elle et à ce corps potelé d'enfant qu'elle tenait dans ses bras qu'Il avait songé en écrivant, moins de six mois avant sa mort, l'Ave verum corpus, si bref et si poignant.

Ce soir-là, tous les bancs semblaient pris. J'avais failli m'en aller car je me faisais l'effet d'une intruse dans cet endroit fervent où l'on priait à voix haute. Mais il restait une place au dernier rang, derrière les voiles blanc et noir des nonnes, qui remuaient dévotement face à l'autel dont la grille de fer forgé avait été ouverte. Un bénédictin officiait. Il lançait une phrase que l'assemblée rattrapait pour en inaugurer une autre. Je me suis installée sans faire de bruit pour écouter ce balancement étrange et hypnotique de phrases sacrées qui se répétaient en se modulant, monotones et toujours transformées. Ce qui frappait dans cette chapelle, au milieu du cimetière d'où aucun bruit ne parvenait, c'était l'impression que rien, à l'exception d'une lumière électrique et de quelques fidèles dans des blousons d'hiver, ne trahissait l'époque. Les vêtements des religieux et les mots qu'ils prononçaient étaient sans doute exactement les mêmes que cent, deux cents, trois cents ans auparavant. J'imaginais les moines se transmettant l'un après l'autre leur habit, encore tout chaud de leur corps à peine mort. Le bénédictin entonnait un *Gegrüßt seist Du, Maria, voll der*

Gnade, les autres répondaient par un *Heilige Maria, Mutter Gottes, bitte für uns Sünder, jetzt, und in der Stunde unseres Todes Amen.* Son habit noir était éculé. C'était bien cela : d'autres que lui l'avaient sûrement porté jusqu'à leur dernière heure. On aurait dit que l'éternité veillait là. C'était insensé d'avoir cherché aussi longtemps comment retrouver l'autrefois qui commençait un jour de janvier 1756, et d'y être tombée sans le vouloir, en traversant un cimetière vers six heures en hiver. Sur l'autel, la Vierge dorée étincelait dans son manteau brillant, elle rayonnait dans les *Du bist gebenedeit unter den Frauen.* Le rythme étourdissait, la litanie me bouleversait, et sur les stalles de bois polies par des siècles de prières, il me semblait que les nonnes voûtées n'étaient pas tout à fait de ce monde. Sur leurs visages, le temps s'était refusé à tracer la ride du désir et du plaisir, la ride des peines de cœur, des mots tendres et crus qu'on se chuchote au creux des nuits. On aurait dit qu'elles étaient déjà mortes avant de naître ou de mourir.

Ce soir-là, cette première fois dans la chapelle, lorsque la messe s'est terminée, il y a eu le fracas des bancs repoussés sur la dalle, des corps qui se levaient, des cloches qui sonnaient et des pas qui s'éloignaient après une ultime révérence à la Vierge. Je venais de faire une découverte, et pourtant j'éprouvais de nouveau ce sentiment inexplicable, déroutant, qui m'avait traversée, enfant, la première fois que j'étais venue à Salzbourg : celui de déjà connaître, et depuis fort longtemps, chaque rue, chaque maison, chaque pierre. J'ai rejoint le groupe des femmes qui rentraient au couvent. Je me suis approchée d'elles sur le chemin de graviers qu'on devinait à peine, car il faisait déjà nuit. Je voulais qu'elles me disent ce qu'était cette litanie que l'on venait d'entendre, tout ce mystère, l'éternité enchâssée dans un si petit lieu. Elles m'ont regardée comme si j'étais venue d'un autre monde. Tombée d'un ciel qui n'était pas le leur. L'une d'entre elles a lancé, en retenant un rire, *Mais enfin, c'est le rosaire!* Et puis, en me touchant doucement l'épaule, sans doute pour se faire pardonner son premier mouvement railleur, elle m'a dit, pleine d'espoir, pleine de foi, *Vielleicht kommt die Gnade*. Peut-être qu'un jour la Grâce viendrait.

f

Nous venons d'entrer dans une conversation qui se prolonge même quand nos voix ne résonnent plus ensemble. Cette nuit, lorsque vous me téléphonez, lorsque vous m'abreuvez de mots, il me semble que vous n'avez jamais cessé de me parler. Vous demandez une nouvelle fois si je vous rejoindrai à Prague. Vous dites, *Si vous venez, je vous prendrai contre moi, je vous aimerai, encore en sueur de Don Giovanni*. Et j'ai l'envie brutale, immédiate, de la moiteur de votre peau. Vous m'appelez depuis New York, avant et après vos concerts, nous ne dormons presque plus. Vous êtes si loin, mais votre voix est si charnelle qu'elle me paraît un corps. Je veux savoir si vous avez déjà vécu cela, aimer dans les mots sans aimer dans la chair. Vous répondez, *Jamais*. Vous ajoutez, *J'ai l'impression d'avoir seize ans*. Et je ferme les yeux. Quelque chose me fait mal. Je vous demande si vous croyez que nous allons souffrir. Vous répondez, *Nous allons forcément souffrir.* Au petit matin, vous m'écrivez. Vous semblez alarmé, *Je n'arrive pas à dormir.* Pour moi c'est le début du jour, pour vous c'est le cœur de la nuit. *Je ne pourrai pas dormir tant que vous ne m'aurez pas reparlé.* Je compose votre numéro, je vous gronde tout doucement, vous dirigez encore ce soir et un si grand orchestre. *Un orchestre mythique.* Je me lève et fais bouillir de l'eau, je continue à vous parler, pieds nus sur le carrelage de la cuisine, fatiguée par la nuit sans sommeil. Je bois mon thé brûlant, j'écoute la beauté de votre voix.

Pour moi aussi, ce jour qui commence est un jour important. Il n'y aura pas d'orchestre, pas de salle de concerts, mais des amis qui se réuniront. La dernière fois remonte à mes dix-huit ans. Cette fois j'en ai quarante. Souvenez-vous, lorsque je vous l'ai dit, Maestro, vous m'avez répondu, *Quelle chance!* Je veux les célébrer, ces quarante ans, ne pas en avoir peur même s'ils me terrifient. Plus tard, lorsqu'à New York la journée a déjà commencé, je suis étonnée de ne pas recevoir de messages. Sans doute êtes-vous à vos répétitions. Je vous écris en crescendo, d'abord des lignes sautillantes, puis toujours plus inquiètes.

Le soir arrive, la fête s'ouvre sur des visages émerveillés, surpris, qui découvrent ce lieu magique, insoupçonné, à l'écart de la rue, derrière une lourde porte cochère: une cour pavée donnant sur un jardin qu'on me prête pour un soir. Mes parents, présents aussi, retrouvent avec joie des visages du passé, les amis de mes vingt ans, de plus anciens encore. Corinne, fidèle depuis le collège, qu'ils embrassent avec émotion. On m'offre des baisers, des brassées de fleurs, des vœux.

Je vous oublie un peu, Maestro. Entourée de ceux que j'aime, j'oublie que depuis l'aube vous ne m'avez pas écrit.

Sans doute aussi parce que j'espère Tristam. Je guette sans cesse la lourde porte cochère qui s'ouvre sur d'autres visages que le sien. Au fond de moi j'enfouis ma peine, tente de faire taire l'espoir absurde, infime, que Tristam vienne encore. Depuis notre retour, pas un message, pas un appel. N'ai-je pas mis en péril, en quelques mots, cette connivence de frères siamois que nous avions construite, patiemment, depuis plus d'une année ? Aurais-je pu, pourtant, dissimuler longtemps votre existence ?

C'est un beau soir de juin, l'air est doux, les feuilles bruissent dans le vent tiède, les robes sont colorées, les cols des chemises s'entrouvrent, les rires et les voix se marient au cliquetis des coupes entrechoquées et au bruit sourd du champagne que l'on débouche. La tête me tourne, Maestro, dans ces présences amies, proches ou lointaines, récentes ou très anciennes, dans ces strates de ma vie, parmi ces gens venus m'accompagner dans ce passage vers un temps différent de l'existence.

Les murs du jardin résonnent des conversations qui peu à peu s'animent. Le parfum délicat des tilleuls et des roses se mêle aux rires et chuchotements que provoquent les rencontres, parfois les retrouvailles. Je retourne un instant à l'intérieur de la grande salle. Sur la table est posé un bouquet magistral de pivoines odorantes et de grappes de lilas. Dedans, il y a un mot écrit d'une main tremblante : « Chère Cécile, Lise m'a fait l'honneur d'une visite et m'a parlé de votre anniversaire. Nous avons décidé de vous écrire ensemble et de vous envoyer ce signe d'affection. Mme Sharpson. » Je souris d'émotion. Comme si New York venait d'entrer dans ce jardin en plein Paris.

Soudain je perçois une présence. Lucie, ma petite sœur, la fillette de mon enfance, arrive dans une robe noire, ses cheveux blonds noués dans un chignon, au bras de son mari. Il m'embrasse et aussitôt s'éclipse au fond de la pièce pour faire sonner la fête. Dans la grande salle ancienne, lambrissée de bois sombre, il fait résonner des airs de trip-hop. Les corps affluent et dansent mais je reste aux aguets. Doucement le soir bleuit. Alors les arbres du jardin, les allées et toute la salle se mettent à vaciller sous l'effet des lumières que Lucie est en train d'allumer, des photophores pareils à ceux de Maria Plain. Et c'est à ce moment que, de loin, je reconnais la longue silhouette qui se fraie un chemin parmi les invités.

Tristam avance vers moi et aussitôt me revient en mémoire cet air de Zerlina, *Pace, pace, o vita mia!* « Paix, paix, ô mon amour ! Que dans la joie et l'allégresse nous soyons jour et nuit. » Tristam me prend la main. Sur nous se portent les regards. Au fond de la salle, le mari de ma sœur éteint toutes les lumières. Et doucement, imperceptiblement, fait résonner l'ouverture de *Tristan et Isolde*. Tout s'éclipse autour de nous, dans la grande pièce ancienne.

Nous dansons seuls et tout est lent. Nous dansons seuls dans cette musique qui nous enveloppe et dans laquelle vous n'êtes pas, Maestro.

L'instant s'étire jusqu'au mitan de la nuit. Ma main sur l'épaule de Tristam, la sienne contre ma hanche, dans la musique et dans l'obscurité. Dans la fraîcheur qui s'élève du jardin.

— Je n'avais pas le cœur à te faire de la peine, dit-il doucement.

Je me serre contre lui. Mais je ne sais pas vers où nous avançons. Dans cette pièce sans lumière. Sur quel chemin obscur.

Soudain Lucie paraît. Elle me tend un gâteau où scintillent quarante bougies que j'éteins d'un seul souffle. En un seul vœu : sortir enfin de l'ombre.

f

Je chantais encore cette année-là, à Salzbourg, puisque je me souviens du chœur de l'université, des cantates à la Kollegienkirche, dont la Vierge blanche, dans son nuage moussu, était si simple et belle. Je chantais, même si cela me faisait mal, me rappelait, malgré tout, ce que j'avais perdu, ce que je n'aurais jamais : une vie dans la musique. Nous chantions à l'occasion d'une prise d'habit. Des cantates pour les jeunes moines de l'université théologique, celle où avait étudié Leopold. Ces moines étaient si jeunes et parmi eux certains si beaux que j'en étais revenue les larmes aux yeux à l'idée qu'ils n'offriraient jamais leurs caresses à une femme. Ils avaient revêtu l'habit marron des Franciscains, ceinturé d'une corde rêche, ou l'habit noir à capuche des Bénédictins. Et je pensais à tout ce qu'ils ne connaîtraient pas, à ce qui était peut-être l'essentiel au monde : embrasser, presser un corps contre le sien. Je me demandais ce que pouvait bien être, en comparaison, l'amour offert par Dieu, si cet amour surpassait en beauté celui que les femmes offraient aux hommes.

Malgré ma dévotion, jamais pour Mozart je n'aurais pu renoncer à épouser de mon corps un autre corps. Je Lui étais pourtant fidèle, mais fidèle autrement, en passant une année entière dans cette ville qu'Il avait détestée parce qu'elle n'avait pas su L'aimer de son vivant.

J'avais tout fait pour être là. Mon projet de mémoire était même, en vérité, un prétexte qui m'avait valu d'obtenir de l'argent et une place à l'université. On m'avait suggéré d'entamer des recherches sur le despote éclairé qu'était le comte Colloredo, prince-archevêque tant haï des Mozart, qui avait commandé à Michael Haydn, le frère de Joseph, la composition de graduels en allemand, une réforme dans l'esprit des Lumières, à une époque où la messe était dite en latin. Je n'avais même pas pensé à écrire sur Mozart. Écrire sur Mozart, c'était trop évident, trop banal. Tout avait déjà été dit. C'était donc sur les Lumières de Salzbourg et un compositeur qui avait fréquenté Wolfgang et Leopold que je comptais écrire. C'était cela qui me le rendait intéressant, qu'il ait fréquenté les Mozart, ce Michael Haydn, ce bon vivant qui avait vénéré la bouteille au moins autant que la musique. Dans une lettre à Wolfgang, datée de 1777,

Leopold raconte la mort subite d'un organiste de Salzbourg puis il ajoute : « Qui, crois-tu, est devenu organiste à la Trinité ? M. Haydn ! Tout le monde rit, c'est un organiste bien cher. Après chaque litanie, il siffle un quart de vin. »

Un matin, de bonne heure, je me suis présentée devant les archives du cloître de Sankt Peter. J'ai frappé à une porte qui ressemblait alors à un portail de garage en lattes de bois marron, et à laquelle on ne pouvait accéder qu'en traversant le cimetière. Comme personne ne répondait, j'ai poussé cette porte derrière laquelle se trouvait un escalier de marbre rouge, bosselé par les siècles, et dont la fine rambarde était semblable à celle de la maison des Mozart, dans la Getreidegasse. Au premier palier, qui n'était pas éclairé, je me suis guidée du bout des doigts et j'ai senti un objet dur et froid. C'était un crâne en marbre ailé, édenté, un *memento mori* qui offrait dans sa calotte ouverte une eau bénite, sans doute croupie depuis longtemps. J'ai grimpé les autres marches quatre à quatre, et au dernier étage, à une porte ornée d'une peinture représentant le cloître à la manière naïve d'autrefois, j'ai frappé. Un moine en robe noire a ouvert, pieds nus dans ses sandales. Derrière lui, on devinait des moulures, des stucs, des peintures, des ouvrages anciens serrés les uns contre les autres depuis le sol jusqu'au plafond. Le moine s'est présenté : c'était Pater Petrus. Pater Petrus m'a fait entrer dans la salle majestueuse qui ne devait pas avoir changé depuis des siècles. Je lui ai expliqué que je voulais consulter les lettres de Colloredo et de son musicien de cour. Pater Petrus s'est éclipsé, il est réapparu quelques instants plus tard, a posé devant moi un paquet que j'ai hésité à ouvrir de mes mains nues, sans les habituels gants des archivistes. L'écriture minuscule et courbée était indéchiffrable. Alors Pater Petrus s'est assis auprès de moi et, pendant plusieurs heures, je l'ai écouté lire à haute voix, dans son allemand chantant d'Autrichien, des mots écrits deux siècles et demi plus tôt. Le soir, lorsqu'il s'est arrêté, la neige recouvrait le cimetière. La lumière du dehors était bleue. D'un bleu embrasé par les minuscules flammes qui frissonnaient dans des pots en verre rouge posés devant les tombes. Et face à cette constellation funèbre, je me suis dit que j'avais aimé ce lieu, ces lettres, mais qu'il fallait tout recommencer. Michael Haydn et le prince-archevêque n'étaient pas ceux pour qui j'étais venue vivre à Salzbourg. Tant pis pour le banal, tant pis pour l'évidence. Il fallait tout reprendre, tout changer, revenir aux origines. En revenir à Wolfgang.

Pendant plusieurs mois, rageusement, j'ai fouillé dans des romans, des nouvelles, des poèmes et des pièces de théâtre jusqu'à ce que le sujet surgisse : Mozart était un personnage. Celui de Hesse, de Mörike, de Pouchkine, de Kierkegaard ou d'Ingeborg Bachmann... Tous se L'étaient approprié. Ils avaient fait de Mozart leur sujet. Et c'est à travers eux que j'en suis arrivée au mien. J'étais sortie de la musique. Au point qu'en écouter me faisait toujours plus mal. Pourtant, imperceptiblement, je passais de l'aérien au terrestre, du spectral au verbal, de la musique à l'écriture. Moi qui croyais avoir perdu Mozart. Je ne savais pas encore que c'était dans les mots que je Le retrouverais.

f

— Je n'avais pas le cœur à te faire de la peine, répète-t-il. Mais je ne peux pas rester.

— Tu pars déjà ? Tu viens tout juste d'arriver…

— C'est difficile de m'éclipser longtemps un samedi soir.

— Parce que tu ne veux pas ?

— Parce que je ne peux pas.

Tristam retraverse avec moi le jardin. Nous franchissons ensemble la lourde porte cochère tandis que tout le monde danse à nouveau dans la grande salle que nous venons de déserter. Nous marchons dans la rue, dans la fraîcheur et dans l'obscurité. Il est tard, nous nous postons devant une station de taxis où les chauffeurs attendent, restons un long moment avant de nous quitter. Tristam se penche pour m'embrasser. Puis se ravise.

— Tu l'as revu ?

— Non…

— Et qu'est-ce que tu comptes faire ?

— Et toi, qu'est-ce que tu comptes faire ?

— J'ai besoin de réfléchir.

— Tu réfléchis depuis un an !

— Mais les choses ont changé. Je pense que ce serait mieux pour toi, un homme comme lui. *Un chef*… Un homme qui sait ce qu'il veut.

Je ris douloureusement.

— Je crois qu'aucun de vous deux ne sait très bien ce qu'il veut.

Tristam ouvre la portière du taxi sans rien dire, décline son adresse, s'engouffre à l'intérieur. Quand la voiture démarre, j'entends cette phrase en moi : *Je vous veux tous les deux.*

Oui, Maestro, m'entendez-vous ? Je ne peux pas renoncer à vous. Pourquoi ne me répondez-vous pas ? Vous qui jusqu'à maintenant m'avez toujours écrit, avant d'éteindre votre téléphone, *Je dois partir, Cécile, mais ne vous abandonne pas.* Depuis hier vous ne m'avez rien écrit. Mais je ne suis pas inquiète, oh non, je ne suis pas tourmentée. Les premiers jours, je vous attends, comme chaque jour, comme chaque soir depuis plusieurs semaines, j'attends que vous m'abreuviez des mots dont je suis assoiffée. Patiente, je me demande seulement si vous pensez encore à moi, pourquoi vous ne me répondez plus, où sont passées nos nuits de chuchotements, nos nuits que vos silences effacent.

Je suis patiente et pourtant, non. Je voudrais résister, ne plus y penser, vous m'aviez apaisée, cela ne me hantait plus, mais j'y pense à nouveau, tout à coup je pense à ce *Don Giovanni* que vous m'avez proposé de vous voir diriger à Prague : n'êtes-vous pas comme lui, n'êtes-vous pas un peu lui ? Vous qui disiez que nos âmes s'étaient reconnues, qu'elles s'étaient rencontrées bien longtemps avant nous. Je me demande, oh comme j'aimerais ne pas me le demander, comme j'aimerais résister, mais je ne peux pas : n'y aurait-il pas, peut-être, maintenant, une autre Zerlina que moi, à qui vous chuchotez des mots qui déchirent la raison ? Maestro, je suis inquiète, comme je suis tourmentée, comme je suis en colère. Depuis des jours vous ne me répondez plus. Vous êtes entré dans un profond silence où je commence à me noyer. Moi qui ai cru à nos voix qui s'étaient rencontrées, reconnues, à nos deux voix incarnant nos deux âmes. Votre silence s'élonge dans le jour et les nuits, ce grand silence qui vient dissoudre le lien dont j'aurais voulu croire qu'il existait depuis bien avant nous.

Qu'avez-vous fait de ma rose ? L'avez-vous conservée ? Glissée entre les pages d'un livre ? L'avez-vous oubliée ?

Dix jours ont passé depuis notre dernière conversation. Un blanc complet qui m'envahit. Plus rien de vous. À peine quelques messages que je n'ai pas effacés. Je les relis comme des reliques. Vous me rappelez ces fantômes sur les photos d'autrefois, ces passants que la chambre noire n'a saisis qu'à moitié, dont on ne perçoit que le flou des silhouettes, leur présence impalpable. Vous m'avez traversée puis vous êtes évanoui. N'ai-je pas tout inventé ? N'ai-je pas rêvé votre présence, votre réalité ?

Par chance, un matin de la fin juin, à l'occasion de la Biennale, on me propose un reportage à Venise. Dans la nuit, un vaporetto me débarque à la station Ospedale. Et il me semble que c'est cela, ce voyage à Venise, un hôpital, une sorte de convalescence. Un repos loin de vous. Loin de Tristam. Loin de vos deux silences.

Seule, j'arpente les ponts et les cours, les palais majestueux, les espaces épurés de la Punta della Dogana, les pavillons des Giardini, les salles de béton brut de l'ancien arsenal. Un soir, assise sur une pelouse, je regarde des corps danser et le soleil orange plonger dans des eaux troubles. Au petit matin je repars à l'assaut des musées, des créations contemporaines, étranges et parfois hermétiques pour moi qui ne comprends que le passé. J'entre dans les entrailles d'un bateau, crochetées de bleu par une artiste aimant les cœurs votifs et les azulejos, et je reste longtemps, calmée, rassérénée, dans ce ventre brodé de baleine.

Pourtant je n'oublie pas. Malgré les ponts verdâtres, les odeurs âcres des plantes sous-marines, le goût amer des Spritz et leur fluorescence, l'onctuosité sucrée des glaces, les rires autour de moi, tout ce qui dépayse, je ne parviens pas à oublier. La violence de nos élans. La fulgurance des premiers mots que nous avons échangés. Notre immédiat baiser sous les arbres en fleur. Comment, pourquoi auriez-vous oublié ? Où êtes-vous ? Pensez-vous encore à moi dans ce silence qui se prolonge ? Vous souvenez-vous, je vous ai demandé, un jour, une nuit, si nous allions souffrir ? Vous m'avez répondu, *Nous allons forcément souffrir*. En sommes-nous déjà là ?

Un matin, je découvre le pavillon français dans les jardins de la Biennale. Une grande salle au milieu de laquelle se dévident à l'infini toujours les mêmes images dans les mêmes phrases de l'andantino en ut mineur du Concerto pour piano numéro 9, Köchel 271, le surgissement de l'instrument sous les râles de l'orchestre, la première phrase profonde et pure, toute cette beauté sur les images des cinq doigts d'un pianiste jouant le concerto pour la main gauche enchevêtré dans un jeu de mots entre deux musiciens, *Mozart Unraveled*, Mozart révélé par Ravel. Je pense à vous, à la musique en vous, à la morsure de votre absence, dans cette image absurde, bancale, d'une seule main jouant une mélodie qui n'est pas celle que l'on entend. Votre silence dans le souvenir incessant de votre voix.

En sortant des jardins, adossée à un pont, j'étudie un plan sur lequel sont notées des adresses. En repartant je manque une marche, je glisse et tombe à la renverse malgré la balustrade à laquelle je tente de m'accrocher. Je me relève, et sur le mur d'une maison, juste au-dessus du pont, mes yeux rencontrent une plaque de pierre où sont gravés ces mots :

> *In questa casa ospite di amici, il quindicenne Wolfgang Amadeus Mozart siggiorno festevolmente durante il carnevale 1771.*

Le petit maestro de quinze ans avait dormi ici durant les fêtes du Carnaval.

Tout à coup, surgie de très loin, je redécouvre cette sensation longtemps enfouie, la certitude de n'être jamais seule. Même dans votre silence et celui de Tristam. Je me retourne. Il me semble avoir entendu mon prénom tandis qu'un cortège de touristes monte à l'assaut du pont. Mes yeux se fixent à nouveau sur l'inscription gravée… *In questa casa…*

Wolfgang Amadeus Mozart. Je réajuste ma robe, encore froissée par la chute, les passants, la bousculade. Je pense à vous, Maestro, et à cette évidence : *Maestro*, *Mosare*, *Mosart.* Une lettre de trop. Un *s* plutôt qu'un *z.* Imparfait anagramme. Comment ne l'avais-je pas vu plus tôt ? Et je me dis que peut-être je n'ai rien inventé : Lui, le mort, Lui dont j'avais si longtemps cru qu'Il ne me quittait pas, dont j'ai si longtemps essayé de croire qu'Il n'avait été qu'une invention de l'enfance, qu'une projection de l'adolescence, je Le retrouve ici, encore, alors que je ne Le cherchais plus, alors que je ne pense qu'à vous, au moment même où vous m'avez abandonnée, où je ressens une si pénétrante solitude.

J'entends à nouveau mon prénom. Je perçois un frôlement. Je me retourne encore. Mais il n'y a plus personne. Devant moi la rue s'offre. Déserte. Sur les pavés mouillés, plus un passant ne glisse.

De retour à Paris, j'ouvre le volume de la correspondance où sont les lettres de Venise. À la date du 20 février 1771, je lis ce post-scriptum de Wolfgang à sa sœur : « Je suis toujours en vie et en bonne santé [...]. Dis à M. Johannes [...] qu'il doit venir à Venise pour y subir *l'attaca*, c'est-à-dire pour se faire cogner le derrière par terre pour devenir un vrai Vénitien. »

f

J'avais bouclé mes bagages, pris le train sous la pluie, étais rentrée en France. Il n'avait pas cessé de pleuvoir depuis la fin des cours, on n'avait même pas pu aller se baigner au lac de la forêt d'Anif. J'étais lasse. J'avais fait mes adieux à Dina et aux autres amis de la résidence, j'avais quitté Salzbourg presque sans états d'âme. C'était un sentiment inattendu. Ne pas pleurer en partant, en quittant cette ville que j'aimais, après toute une année. C'était étrange d'en ressentir un soulagement. Et c'était peut-être cela, le *Haßliebe* dont parlaient les auteurs autrichiens, cet amour-haine à l'égard d'un pays si beau mais tellement passéiste qu'il en devient parfois figé, rigide. J'étouffais à Salzbourg. J'avais des envies d'avenues, de grandes villes. J'avais envie de leur tonalité, de leur extravagance. J'avais besoin d'autres couleurs de peau, d'autres langages, d'autres idées, peut-être de vulgarité, de mauvais goût et de laideur. Ce *Haßliebe* des auteurs autrichiens, ce devait être cela que Mozart avait senti à l'égard de sa ville : le sentiment d'être à l'étroit.

Le 8 janvier 1779, depuis Munich, alors qu'il rentre de Paris, Wolfgang écrit : « Je vous assure papa chéri, que je me réjouis de vous voir (mais pas de revoir Salzbourg). [...]. Bref, croyez que je brûle d'impatience de vous embrasser à nouveau, ainsi que ma chère sœur – si seulement ce n'était pas à Salzbourg ! [...]. Je vous jure sur mon honneur que je ne peux souffrir Salzbourg et ses habitants (je parle des Salzbourgeois de naissance). » Plus tard, de Munich encore, où il termine *Idoménée*, vrai premier opéra de sa maturité, il écrit le 16 décembre 1780 : « Sur mon honneur, ce n'est pas Salzbourg mais le prince – la fière noblesse – qui me pèsent chaque jour davantage. » Pourtant, Mozart n'avait pas dû passer beaucoup d'années à Salzbourg. Entre le premier voyage qu'Il avait fait à Vienne à six ans et tous les autres, Il n'y avait vraiment vécu que dix ans, peut-être douze.

Sitôt rentrée à Paris, j'avais terminé le mémoire sur *Mozart personnage littéraire,* dans la hâte de rejoindre Massimo qui vivait à New York. J'avais obtenu un poste de lectrice à l'université où j'allais faire une thèse. C'était une nouvelle vie, une nouvelle langue aussi, une nouvelle ville pour moi, belle et bruyante, laide et extravagante, inventive, ouverte, sale, sublime, où le passé n'avait plus prise, même s'il restait un infime lien. Un lien étrange auquel je ne pouvais pas ne pas penser : c'était là que Da Ponte, le librettiste des *Noces de Figaro*, de *Don Giovanni* et de *Così fan tutte*, avait fini ses jours, bien loin dans le XIXe siècle. Bien plus loin dans le temps que Mozart. J'aurais voulu que ce soit le contraire, que Da Ponte meure et que Mozart vive. Ou bien qu'ils vivent au moins autant l'un que l'autre. Et dans les rues de New York, je pensais souvent que Da Ponte, qui avait été vendeur de cigarettes avant de devenir professeur d'italien à l'université de Columbia, avait marché là, lui aussi, et que je marchais après lui qui avait si bien connu Mozart. C'était d'ailleurs à New York que Da Ponte avait organisé, dans les années 1830, peu avant sa mort, la première américaine de *Don Giovanni*, avec la Malibran dans le rôle de Zerlina. On raconte que ce fut un fiasco. Mais si Mozart avait été vivant ? S'Il avait dirigé Lui-même son opéra ?

New York marquait une rupture. Je ne chantais plus, je ne parlais plus allemand, je n'allais plus au concert, même s'il m'arrivait encore d'écouter quelques disques, je ne touchais plus à un clavier, sinon celui de mon ordinateur, peut-être même que je n'aurais plus su déchiffrer aucun morceau. Lorsque je retournais en France, chez mes parents, je n'ouvrais pas le piano qui sentait pourtant toujours aussi bon le bois coupé. C'était comme une mue derrière moi, un lambeau d'existence qui s'était détaché et ne m'appartenait plus. J'aurais eu peur que mes doigts gourds confirment à quel point tout cela était fini. Je préférais ne pas voir, ne pas savoir.

Lucie avait grandi. Elle était devenue une jeune fille, elle était étudiante. Une année, pendant les vacances de Noël, parce que j'avais appris les arcanes du tarot, je lui avais tiré les cartes. C'était un matin, nous étions assises par terre, en pyjama, dans l'atelier de papa. Un rayon de soleil traversait la fenêtre, venait s'échouer sur les motifs symétriques, bleus et rouges, du tapis. Elle avait battu les cartes et en avait choisi cinq. Et dans son jeu était sorti, central et immanquable, un homme de cœur. Elle devait alors avoir dix-huit ans. Quelques mois plus tard, elle m'avait annoncé une rencontre. Celle de son futur mari.

À l'époque, je vivais avec Massimo. Après un an dans le grand appartement d'un professeur absent, celui où Lise venait souvent regarder avec moi le soir tomber sur Tribeca et sur les tours jumelles, j'avais emménagé avec lui dans un immeuble de l'East Village au sol bancal et dont j'aimais la cuisine ancienne, les escaliers de secours et le jardin que nous pouvions voir depuis notre lit en nous penchant par la minuscule fenêtre de la chambre. Massimo jouait

Dowland, Byrd, Palestrina, des musiciens de la Renaissance sur son beau luth en bois sculpté. Il répétait qu'il n'aimait pas Mozart, mais il avait volé pour moi le coffret de *Don Giovanni* par Karl Böhm, une marque d'affection que je trouvais d'autant plus grande et d'autant plus touchante. Il ne cessait de me répéter qu'aimer Mozart était conventionnel. Je tentais de le convaincre du contraire. Je lui faisais entendre le Quatuor des « dissonances », Köchel 465, inscrit dans mon cahier, le lent début, la succession de croches angoissées du violoncelle sur laquelle se dessinaient des phrases toutes ténébreuses, puis les terreurs nocturnes des deux violons et de l'alto qui dialoguaient en tons et demitons, en intervalles si proches ou parfois si lointains qu'ils en devenaient des sortes de frottements, hiatus inquiets, résolus furtivement, aussitôt replongés dans une terrible agitation. Ce début si beau était si parfaitement visionnaire qu'il aurait pu avoir été écrit cent ans plus tard, peut-être plus me diriez-vous, Maestro, vous qui savez si bien. Vous qui ne me parlez plus. Et cela creuse en moi une peine que les jours n'effacent pas.

Massimo n'aimait donc pas Mozart et je rompais ainsi tous mes liens avec Lui. J'arrachais ce suaire qui m'avait si longtemps protégée des dangers du dehors. Je voulais affronter le monde dans sa réalité bruyante, loin des fantômes de mon enfance. Je préparais des examens, j'enseignais à l'université, je passais de longues heures auprès de Mme Sharpson qui habitait à l'autre bout de Manhattan, je sortais avec Lise. Nous allions à des fêtes, nous aimions celles où l'on dansait à l'intérieur du pont de Brooklyn qui ressemblait à une vraie cathédrale, fraîche et monumentale. Et chaque soir, je retrouvais Massimo.

Un hiver, quelques jours avant Noël, peut-être même celui où j'avais annoncé à Lucie qu'elle rencontrerait un homme, mes parents sont venus me chercher à l'aéroport. Mais je me souviens surtout de ce moment d'une inquiétante étrangeté, que je n'ai jamais pu vraiment comprendre. Lorsque les portes automatiques se sont ouvertes, papa est aussitôt apparu. J'étais tellement heureuse d'apercevoir son visage que, dans un élan de bonheur, comme lorsque enfant je nous appelais ensemble d'un prénom inventé, *gannetige-au-vert-vitol*, un prénom qui nous englobait tous les deux, j'ai posé mes lèvres sur ses lèvres. Je me suis mise à picorer comme un oiseau affamé. Dans ce mouvement répétitif, mes lèvres se sont collées aux siennes, et dans une sorte de transe, due sans doute à la nuit sans sommeil, aux bourdonnements de l'avion, j'ai senti ma langue soudain quitter ma bouche. Cela n'a duré que la fraction d'un bref instant, mais j'en éprouve encore l'horreur et la stupéfaction. On aurait dit un de ces microsommeils qui, tard le soir, surprennent les conducteurs, les font glisser vers l'accident mortel. Il y a eu un réveil en sursaut ce matin-là devant les portes automatiques du terminal, comme sur une route en pleine nuit. C'était profondément honteux, j'étais profondément honteuse. Et je me demande encore si mon réveil a bien eu lieu avant l'impact.

Au retour de Venise, alors que je relis des passages de la correspondance de Mozart, une lettre me trouble. Je sens que quelque chose au-delà d'elle se trame. Je ne sais pas encore quoi. Je lis et j'éprouve un malaise, une sorte de tristesse aussi. C'est Leopold qui écrit à son fils, nous sommes en février 1778 : « Grand Dieu, les moments de bonheur sont passés où, lorsque tu étais enfant et petit garçon, tu n'allais jamais te coucher sans me chanter, debout sur une chaise, *oragnia figatafa*, ni m'embrasser, très souvent, sur le bout du nez et me dire que lorsque je serais vieux, tu me mettrais sous un globe pour me protéger de l'air et me garder toujours avec toi et me rendre honneur. » Mozart et son père avaient aussi leurs mots d'amour filial. Et soudain je comprends le malaise, la tristesse. Peut-être était-ce pour ne jamais grandir, pour continuer à honorer le père que j'avais préféré aimer un mort.

COMMUNIO

Au retour de Venise, dans cette période d'incertitude je passe des heures à regarder, depuis ma fenêtre, le soir tomber sur Paris, comme je le regardais autrefois sur le jardin et sur le vieux cerisier. Combien d'heures de l'enfance ai-je rêvé ainsi de lointain ? Je contemplais souvent, aussi, une carte de l'Europe collée au-dessus de mon lit, qui était traversée de lignes droites, le tracé des périples de Wolfgang. De Salzbourg à Vienne, de Munich à Paris. La Haye, Londres, Mannheim, Francfort. Venise, Bologne, Florence, Rome, Naples. Ces lignes droites qui cisaillaient l'Europe me laissaient imaginer des voyages en calèches dont les essieux se brisaient sur les routes cahoteuses, les chevaux qu'il fallait nourrir et échanger à chaque relais de poste, les bandits de grand chemin que l'on pouvait rencontrer, les auberges où des voyageurs inconnus partageaient quelquefois la même couche. Les découvertes aussi, qui devaient être pour l'époque invraisemblables. Les premières fouilles de Pompéi, dont parle Leopold en 1770 : « Pour voir ces curiosités, il faut toujours avoir un *flambeau*, car un grand nombre se trouve sous terre. Wolfgang et moi étions seuls avec notre domestique [...]. [Deux] vieux marins à la barbe blanche ont affirmé n'avoir jamais vu en ces lieux un si jeune garçon venu visiter les antiquités. »

Bien plus tard, Prague. L'un des derniers grands voyages de Wolfgang, en 1787, pour créer *Don Giovanni*. *Don Giovanni* à l'ouverture en ré mineur, tonalité du Requiem, qui préfigure déjà la mort. Trois ans plus tard. C'est un succès. Vertigineux. Prague est la ville où on L'aime. Prague est la ville où on L'acclame.

J'avais espéré Prague. *Don Giovanni*. Le sien, le vôtre ensemble. Votre promesse de nous retrouver. Et puis soudain vous ne m'avez plus écrit. Depuis le jour de ma fête, votre silence s'allonge.

Un soir, je téléphone à Lise. Je la remercie du colossal bouquet envoyé avec Mme Sharpson. Je lui parle des ruelles de Venise, des palais, des musées, mais aussi de Tristam, de ce blanc qui s'abat sur ma vie et de la voix entendue sur le pont.

— On m'appelait, Lise, mais il n'y avait personne. Et puis... tu vas trouver ça absurde tellement c'est évident, mais c'est à ce moment-là que je me suis rendu compte... je n'y avais jamais pensé avant... le mot *Maestro*, c'est presque l'anagramme de *Mozart*. Et j'étais là, par terre, tombée juste devant la maison où Il avait dormi.

— Tu trouves que c'est absurde ? Moi non, ma Cécilette. Mais c'est peut-être parce que je crois aux fantômes !

Tout en parlant à Lise, je regarde par la fenêtre. Malgré l'été qui commence, la ville est froide et imprégnée de gris. Ce ne sont pas les longues soirées qui s'attardent dans le bleu habituel du mois de juin finissant. Sur le fauteuil, enveloppée dans une étole, je lui raconte vos messages, vos appels incessants dans la nuit, l'invitation à vous rejoindre à Prague et puis votre disparition. Les longs jours qui s'étirent malgré toutes mes supplications, mes appels, mes messages brisés comme un ressac contre votre mutisme. Dix jours, deux semaines. Lise me répond que vous avez sûrement pris peur, que vous êtes retourné dans la réalité de votre vie d'avant. Votre travail. Et votre Aloisia. Elle dit que notre rencontre n'en a pas été moins sincère. Sans doute ineffaçable pour vous comme pour moi. Le quotidien, vos engagements ont retrouvé leur place. Notre rencontre, dit-elle, restera comme un temps suspendu. Mais je m'en veux d'avoir eu foi en vos élans, d'avoir cru à nos âmes qui s'étaient reconnues dans l'épaisseur du temps. Je m'en veux d'avoir pensé que vous seriez toujours là, ancré dans la chair de ma vie. Lise me réclame une photo de vous. Elle aimerait savoir à quoi vous ressemblez. Je cherche dans mon ordinateur. Je vais lui montrer celles du jardin du Kent, celles aux yeux verts et transparents, celles que vous m'avez envoyées ce matin de mai où vous m'avez écrit dix fois. Lise attend de l'autre côté de l'Atlantique que mon message arrive. Et tout à coup je l'entends s'écrier :

— Comme il est beau ! Garde-le précieusement dans tes souvenirs… Je suis sûre que lui non plus ne t'oubliera pas. Dis-toi que c'était une belle rencontre. Et puis…

— Et puis quoi ?

— Et puis tant pis pour *lui* s'il ne veut plus te revoir !

Nous rions. Malgré votre disparition, et même à cause d'elle, nous rions de cette histoire et de sa fin bancale, vous méritez qu'on rie, qu'on se dise que c'était drôle, tout de même, un maestro.

— Je comprends que tu sois triste, ma Cécilette, mais toi qui rêvais d'être chef d'orchestre, dis-toi que tu auras au moins connu un Karajan !

f

C'est à New York que j'avais essayé la première fois. Je lisais des ouvrages sur l'au-delà, mais je tâchais de me raisonner maintenant que j'étais sortie du magma de l'enfance et de l'adolescence. Je tâchais de voir d'un œil lucide cette histoire avec Mozart : cela n'avait sans doute été qu'une construction pour affronter les peines de l'âme. Pourtant, il m'était encore difficile d'écouter sa musique sans songer à ce qu'Il avait représenté pendant toutes ces années. Car Il avait été d'une substance si concrète, si charnelle, qu'Il me paraissait encore parfois plus réel que certains êtres que j'avais effectivement côtoyés. Et – fait étrange – plus Il s'éloignait dans le temps de l'enfance, plus écouter sa musique me devenait douloureux. Le deuil ne s'accomplissait pas. Cela n'en finissait pas avec sa mort.

C'était à New York que j'avais découvert un ouvrage consacré à l'écriture automatique. Je cherchais là une sorte d'éclaircissement ou de consolation, car Massimo et moi venions de nous séparer. Après quelques années, l'histoire s'était tout doucement délitée, l'amour émoussé. Massimo avait quitté l'appartement de l'East Village et je cherchais à y voir clair dans cette vie où il ne serait plus, où l'enfant que nous avions conçu ne reviendrait jamais, sous aucune autre forme. L'auteur de l'ouvrage expliquait comment communiquer avec son inconscient à travers l'écriture automatique. Il suffisait de détendre sa main, de la poser, sans *intention* d'écrire, sur une feuille de papier, en tenant un stylo de manière lâche et d'attendre. Spontanément, la main devait se mettre à bouger, des messages à surgir. Il ne fallait pas être choqué, disait-il, ces messages reflétaient des préoccupations profondes, ils pouvaient être l'expression de pulsions, de désirs enfouis ou de difficultés et de peurs.

Je m'étais installée à mon bureau avec une pile de feuilles. Suivant les instructions du livre, j'avais posé la main droite sur le papier et j'avais attendu. Rapidement, je l'avais sentie se mouvoir, comme sous une impulsion nerveuse, indépendante de ma volonté. Elle s'était mise à former, dans un mouvement quasi obsessionnel, des formes ovales qui ressemblaient à des yeux. Je sentais mon poignet se déplacer sous l'élan d'une force intérieure, au point que j'avais eu la brève frayeur de ne plus pouvoir le contrôler. Très vite, il avait fallu changer de feuille car les mouvements étaient grossiers et larges. La forme répétée était très régulière, toujours dans les mêmes proportions, comme si ma main savait d'instinct où elle devait aller et ce qu'elle comptait faire. Au bout de quelques pages, j'avais commencé à me lasser. Mais les ovales s'étaient mués en vagues, et les vagues en des formes s'apparentant toujours plus à des lettres. La main commençait à préciser son chemin, les vagues imitaient des *m*, puis était apparu un *e*, enfin le dessin d'un *r* qui ensemble formaient le mot *mer*. Cela allait très vite, si vite que l'écriture n'avait aucune précision, et qu'il me semblait ne pouvoir distinguer les lettres que par le mouvement même de la main, et non par le tracé sur le papier. Au bout d'un certain temps, le mot *mer* s'était fait plus lisible. Mais l'expérience ne m'apportait aucun éclaircissement, aucune réponse, aucune révélation. Je reprenais une nouvelle feuille, persuadée que ce serait la dernière. Mais un *e* s'était collé au *r*. Et à la *mère* avec un *e* s'était ajoutée la lettre *g*, ce qui formait le mot *germer*. Tout allait très vite et très lentement. Vite, parce que les mots s'écrivaient à un rythme bien plus soutenu qu'à l'ordinaire, lentement, parce que le même mot se répétait inlassablement, comme si l'inconscient, ou du moins la force qui guidait la main, craignait que son message ne soit pas bien compris. Cela donnait un magma linguistique, une longue série de lettres en continu, ininterrompues, *mergermergermer*, et tout à coup le *g* lui-même s'était transformé, ses courbes étaient devenues plus anguleuses, c'était maintenant un *z*, ce qui donnait un amalgame étrange de lettres, le mot *germe* se muait en *zerme* comme si ma main s'était mise à zozoter, à parler le langage d'un enfant. Et puis – j'aurais dû m'en douter, l'anticiper, mais alors je ne pensais plus à Lui, Il ne faisait plus partie de mes pensées quotidiennes – le mot *zermer* s'était transformé à nouveau. *Zermer* en *Zamor*, *Zamor* en *Mozart*. J'aurais pu m'en douter mais c'était apparu comme une surprise macabre, une surprise d'outre-tombe. Un message s'était enfin formé de manière lisible pour moi, une phrase sans verbe et sans article : *mozart mère morte*. J'avais eu envie de rire. On m'annonçait son décès avec plus de deux cents ans de retard. J'avais vingt-huit ou vingt-neuf ans, je préparais une thèse sur un sujet qui n'avait rien à voir, je venais de me séparer d'un homme qui n'aimait pas Mozart, je n'écoutais plus que rarement sa musique, je vivais dans un tout autre monde. Mais soudain Il revenait. J'en avais éprouvé une sorte de joie, d'émotion et de colère aussi. J'avais abandonné la feuille. J'étais allée me coucher.

Des années plus tard, dans des circonstances qui n'étaient plus du tout les mêmes, j'ai tenté à nouveau l'expérience. Je me suis dit qu'il fallait recommencer, voir ce qui se passerait à présent. Ce devait être un jour d'oisiveté où j'espérais qu'un message apparaîtrait, qu'il m'éclairerait sur une situation, sur l'envie grandissante d'un enfant. J'ai pris quelques feuilles et j'ai attendu. Ma main s'est mise à tournoyer, traçant les formes d'yeux répétitives et obsédantes qui s'étaient déjà dessinées la première fois. Puis tout à coup des lettres, des mots, nets, immuables, inévitables sont apparus : *Mozart germer amour monde*. J'ai jeté mon papier, le crayon. Il n'y avait rien à faire. Je ne pouvais pas sortir de Lui, de son amour, de cet entrelacs d'âmes. Peut-être quelque chose naîtrait-il de tout cela ? Un germe du mieux, un monde né de l'amour d'un mort ? Je ne savais plus s'il fallait rire ou être consternée. Mais je me suis dit que peut-être, quand même, quelque chose, quelque part, devait bien exister au-delà du visible.

f

Nous rions encore, avec Lise. Puis nous parlons de sa venue à Paris, avec Joshua et les enfants, bientôt, dans quelques jours. Je m'apprête à raccrocher lorsque j'entends un autre appel. C'est peut-être Tristam. Il est très tard, presque minuit. Aussitôt je quitte Lise, regarde quel nom apparaît sur mon écran. Machinalement, je sors sur le balcon, le téléphone en main, dans le crachin de cet étrange mois de juin finissant. Mon étole est tombée sur le parquet devant la porte-fenêtre. Penchée à la rambarde, je réponds, fixant hébétée les mots *Défense d'afficher* sur les murs de l'école dont je surplombe la cour. J'attends. J'attends pétrifiée.

— Cécile…

Mon prénom dans votre voix. Un soulagement puis une déflagration à travers tout mon corps. Vous dites :

— Si vous saviez…

Mais je ne sais pas. Tout est vide à l'intérieur de moi, vide et trop plein. Vide et sans mots. Je tente de retrouver mon souffle, de ne pas tomber, de ne pas sombrer dans votre voix. Je vous demande seulement :

— Pourquoi ?

Vous répondez :

— Je ne sais pas.

— Vous ne savez pas ?

— Non, Cécile. Je ne sais pas. J'ai eu peur. Je n'étais pas seul.

— Vous ne voulez plus ?

— Non… Non… Je veux !

— Alors pourquoi ce silence, ce long silence ? C'était brutal. On ne fait ça à personne ! Personne ne m'a jamais fait ça ! Et puis maintenant vous m'appelez ? Pourquoi ? Pourquoi maintenant ?

— Je ne sais pas. J'ai eu peur. J'ai peur, Cécile. Si vous saviez… Pardonnez-moi. Pardonnez-moi. Vous m'avez tant manqué.

— Alors pourquoi ?

— Justement. Pour cela.

Je ne vous dis rien.

— J'essaie de ne plus penser à vous. Mais je ne peux pas. J'ai peur que ma famille… J'ai l'impression qu'on vous devine dans mon regard, dans mes pensées.

Je souris. Vous continuez :

— Lundi, je serai à Paris. Quelques heures seulement. Lundi prochain. J'aimerais vous voir. Je n'en ai pas le temps mais je veux vous voir.

Je devrais vous dire non. Je vous dis oui. Je demande où. Vous répondez :

— Près du Palais-Royal.

Le premier lundi du mois de juillet, il fait frais, c'est le matin, je frissonne en vous attendant près de la Comédie-Française. Je suis assise à la terrasse du Nemours, je vous guette. Vous êtes encore bien loin lorsque mes yeux vous trouvent. Vous avancez rapidement. Les pans de votre veste se soulèvent à chacun de vos pas. Vous souriez. Mais vous ne m'avez pas encore vue. Vous portez un paquet. Je me lève, je viens à vous. Je voudrais marcher avec vous, calmer l'agitation en marchant avec vous à travers tout Paris. Vos yeux s'éclairent lorsque vous me voyez, comme pour me laisser pénétrer à l'intérieur de vous. Doucement, lentement vous prononcez mon prénom en m'attirant à vous. Vous me tendez votre paquet. *Je ne voulais pas arriver les mains vides.* Je ris, je vous remercie, j'aime votre geste un peu désuet, les pains d'épices que vous m'offrez. *Allons ailleurs,* dites-vous. Je vous propose de marcher. Vous refusez, vous me résistez et cela me déplaît. Vous dites, *Je veux vous voir, je veux vous regarder, si nous marchons je ne pourrai pas vous voir.* Vous proposez d'aller dans un autre café. En chemin, je vous raconte Venise et *Mozart Unraveled*, le titre de cette œuvre qui m'a tant fait penser à vous. Je ne vous dis pas que j'ai pensé à vous à cause de la douleur, à cause de toute l'absurdité d'une musique jouée sur une autre musique, l'absurdité de me sentir emplie de votre absence, du manque que j'éprouvais de vous. Nous traversons la rue de Rivoli lorsque je vous demande qui était le pianiste pour qui Ravel avait écrit le concerto pour la main gauche. Je suis honteuse d'en savoir aussi peu sur d'autres musiciens que Lui. Je me souviens seulement d'une histoire de main droite écrasée à la guerre. Vous répondez Paul Wittgenstein, le frère du philosophe. Je souris. Je ne savais pas que Ludwig, celui dont j'avais tant aimé autrefois la phrase magistrale,

Ce que l'on ne peut pas dire, il faut le taire, avait eu ce pianiste pour frère. Vous précisez que Ravel n'a pas été le seul à composer pour Paul, vous citez Benjamin Britten, Prokofiev, Hindemith. Et je voudrais que la musique dans votre tête trouve son chemin vers moi.

Vous m'entraînez devant le Louvre, nous entrons dans le salon feutré d'un restaurant situé sous les arcades. La serveuse est ravissante, j'éprouve une sorte de malaise lorsque vous lui commandez nos cafés. Je suis assise sur une banquette en velours rouge. Vous à ma droite, sur un fauteuil. Je pivote pour être face à vous. Nous parlons, mais vous ne me touchez pas. Nous n'évoquons même pas votre disparition. Votre absence. Vos silences. Je ne vous dis pas combien ils m'ont meurtrie. Vous ne faites pas un seul geste. Pas un mouvement vers moi. J'aimerais que vous posiez votre main sur la mienne. Vous êtes assis sur le fauteuil, vous me regardez mais vous ne me touchez pas, vous dites seulement, à propos de Venise, *C'est une ville trop mouillée*. Je souris dans mon cœur. Vous regardez votre montre. Vous dites, *Je devrais être déjà parti*. Mais vous restez. C'est vous, cette fois, qui prenez un avion. Vous ne m'avez pas effleurée. Peut-être plus jamais. J'hésite un instant et pose la main sur votre cuisse. Je la pose bien à plat, ses cinq doigts grands ouverts. À travers le tissu, je sens votre chaleur. Et vous fermez les yeux quand vous sentez la mienne. Vous dites, *Cécile, si vous saviez…* Je vous regarde. Muette. Mais je ne sais pas. Je ne fais que deviner. Ce qu'on devine, faut-il le taire ?

Tout va très vite. Bientôt nous sommes dans un taxi. Vous m'embrassez alors que la voiture aborde le pont

Royal. Vous m'attirez à vous et je m'installe au milieu de votre corps, mes deux jambes arrimées de part et d'autre de vos hanches. Sous ma robe retroussée, mes genoux collent à la fraîcheur du cuir. Vous me souriez. Vous dites, *Je serai à Paris cet automne.* Et puis vous ajoutez, comme pour vous raviser, *Mais ne m'écrivez plus…* Au coin de ma rue, le taxi me dépose. *Vous comprenez, je me sens en danger dans ma vie de père, de mari.* Vous me retenez un instant. *Ne nous écrivons plus… au moins pour quelque temps.* Vous agrippez mon bras comme si votre corps désavouait vos paroles. Je parle de Tristam, je dis que moi aussi j'ai peur. Vous me regardez. Quelque chose nous effraie, quelque chose que nous ne savons pas nommer, qui nous dépasse, qui nous aimante, qui nous enchante, quelque chose de souterrain et de céleste qui nous lie malgré nous. Vous approchez vos lèvres, vous me pressez contre votre poitrine. Je pars en m'obligeant à ne pas me retourner.

f

J'avais fini ma thèse et quitté l'appartement de l'East Village, celui où j'avais vécu seule encore un temps après le départ de Massimo. C'est à ce moment-là qu'un événement anodin mais troublant s'était produit : dans l'alcôve où était notre lit, la minuscule fenêtre, celle qui ouvrait sur un jardin, avait été condamnée. À l'époque, vers la fin des années 90 et le début des années 2000, il y avait encore beaucoup de jardins autour des avenues B et C, à l'extrême Est d'Alphabet City. Les gens du quartier les cultivaient, y faisaient pousser des fleurs et des légumes. L'un de ces jardins accueillait même une sorte de sculpture géante, un mât de cocagne où étaient suspendus des poupées, de vieux jouets.

Le jardin attenant à notre immeuble avait été acheté par un promoteur. Petit à petit, les fondations d'un nouveau bâtiment avaient poussé. Étage après étage, jusqu'au troisième où j'habitais, même au-delà, jusqu'au toit plat où parfois, les soirs d'été, nous montions nous asseoir, un verre à la main, pour regarder les rues de haut, Tompkin's Square Park d'un côté et l'East River qui scintillait de l'autre, sous les ponts métalliques reliant Brooklyn à Manhattan.

Chaque jour, depuis le départ de Massimo, je me penchais par la petite fenêtre pour regarder non plus le jardin mais ce mur qui progressait, jusqu'au moment où j'avais pu le toucher, sans même sortir du lit, le bras tendu sous la vitre levée.

Finalement, j'avais déménagé, changé de quartier, choisi l'Upper West Side, plus près de l'université Columbia, où j'avais obtenu mon premier poste. Cela me troublait beaucoup. Non pas pour le travail que je devais y accomplir, mais parce qu'en franchissant chaque matin la grille solennelle du campus, quittant les bruits assourdissants de la ville, je foulais les pavés rouges devant les bâtiments austères, les strictes colonnades de la bibliothèque, je passais devant la majestueuse statue de l'Alma Mater et le dôme qui s'élançait derrière elle, je gravissais le perron et j'entrais dans l'immeuble où sans doute, en son temps, avait œuvré Da Ponte. Le librettiste et ami de Mozart, le vieux poète qui avait vécu bien plus longtemps que Lui, celui qui avait connu le Nouveau Monde et le nouveau siècle sans Lui, avait sans doute professé dans cette bâtisse où était mon bureau, où se trouvaient le département de français mais aussi celui d'italien.

Je me répétais que ce n'était rien, un simple hasard, une singulière coïncidence. Mais tout semblait encore, malgré moi, converger, toujours vers le même point, toujours vers le même homme.

Je n'avais jamais raconté à personne ce qui depuis longtemps m'obsédait. Je ne l'avais jamais dit mais il m'arrivait de l'écrire. Parfois. De plus en plus souvent. Inlassablement, j'écrivais cette histoire et la réécrivais avec d'infimes variantes. C'était l'histoire d'une jeune femme assaillie par des souvenirs anciens, trop anciens pour lui appartenir, et qui peu à peu en perdait la raison. Un soir, plutôt que de mettre fin à ses jours comme elle y avait songé, tant elle était envahie par ce passé qui la plongeait dans un monde irréel et la désespérait, elle prenait un train à la gare de l'Est après avoir laissé une lettre d'adieu à l'homme qui partageait sa vie. Elle partait rejoindre la ville d'où lui venaient *ses* souvenirs pour tenter de les comprendre, peut-être de les conjurer. Le lendemain à l'aube, en arrivant à Salzbourg, elle grimpait à pied sur le Mönchberg, le « mont aux moines », pour se rendre au couvent de Nonntal et demander à y être accueillie – *internée* aurait-elle plutôt dit. Peu à peu, elle se confiait à l'une des religieuses, lui livrant par bribes les souvenirs de ce qu'*elle* avait vécu là, plus de deux siècles auparavant, et qui lui revenaient dans des images d'une grande netteté : elle avait été enceinte d'un jeune homme de Salzbourg, un musicien qui parcourait l'Europe et avec qui elle entretenait une secrète correspondance. Il était loin et l'aimait sans pouvoir l'épouser. Elle entrait donc au couvent pour mettre leur enfant au monde. Mais elle mourait en couches, sans avoir jamais revu son bien-aimé.

Massimo était parti. Mon cœur était vacant. Je commençais à écrire. Des bribes, des souvenirs. Et cette histoire qui m'obsédait. À travers elle, je cherchais une explication à cet amour étrange qui m'avait si longtemps liée à Mozart. Mais je ne parvenais pas à terminer ces paragraphes que je réécrivais continuellement, les reprenant du début, les modulant, tantôt prêtant vie à l'enfant, tantôt le faisant disparaître avec le dernier souffle de sa mère.

J'éprouvais le besoin de mettre ainsi en ordre des idées, des émotions confuses. C'était la première fois qu'il n'y avait plus aucun prétexte pour ne pas commencer à écrire. Je m'installais dans ma petite chambre de la 100e Rue, au 10e étage d'un immeuble d'où l'on entendait sans cesse les sirènes retentir, à cause de l'hôpital St Luke qui n'était pas très loin. À mon bureau, sous la mezzanine où se trouvait mon lit, en face de la fenêtre qui ne montrait qu'un morceau de ciel, j'écrivais. Je me sentais protégée comme dans un ventre de mère. Et les heures s'écoulaient ainsi à travers les mots qui permettaient de survivre et de revivre.

Quelques mois plus tard, mon visa avait expiré. J'aurais pu tenter de le faire prolonger. Mais Corinne m'avait appelée de Paris pour m'annoncer qu'un ami journaliste m'offrait de rédiger quelques articles pour un magazine de voyages. Plus rien ne me retenait à New York. C'était une fin. Et ce fut un début.

f

L'été est arrivé soudainement, Maestro, dans une chaleur inhabituelle. Lise vient de s'installer avec Joshua et les enfants dans un appartement lumineux de la rue Saint-Charles. Je les retrouve après de longues journées à écrire des articles. Ce soir de juillet est encore plus violent de chaleur que tous les autres soirs. Nous posons des nappes sur les bords de la Seine pour un médianoche arrosé au champagne. Paris suffoque. Les enfants de Lise jouent sous les longs peupliers où le vent ne souffle plus. Les Parisiens qui ne sont pas encore en vacances aspirent un air lourd et stagnant. Derrière le pont de Sully, Notre-Dame rougeoie dans un soleil qui flotte à la surface de l'eau. Plus de trois semaines ont passé depuis le rendez-vous du Louvre. Depuis le baiser du taxi, à l'angle de ma rue. Je veux vous oublier, Maestro, pourtant notre conversation se poursuit dans ma tête. Souvent je continue d'entendre votre voix. Que sais-je vraiment de vous ? Que sais-je de votre Aloisia ? Parfois, je regarde sur mon téléphone, comme on sortait autrefois un portrait d'un médaillon, les photos que vous m'avez envoyées. Il me semble que mon élan vers vous ne s'éteindra jamais. Comme si nous étions nés d'une même âme, d'une même source, issus d'une même constellation.

Ce soir, nous fêtons l'anniversaire de Joshua, nous sommes légers et gais, les verres de champagne tintent, nous parlons de l'été, de la maison où Lise et sa famille iront bientôt, une maison dans la forêt, que l'on réchauffe d'un grand feu de bois les matins d'août, avant le premier café. Lise et Joshua sourient autour d'une dizaine de visages: avec mon téléphone, je les prends en photo. Brutalement ma main tremble. Je garde un air enjoué, mais en moi tout se serre. J'annonce qu'il faut reprendre la pose, se replacer autour de Joshua. Ai-je bien entendu les trois notes métalliques? Tout le monde se prépare à sourire, j'appuie sur le bouton, mon corps est dense, tendu, le sang afflue à mon visage, je suis remplie d'espoir et de la peur d'être déçue. Je fais semblant de regarder si la photo est réussie, mais en réalité c'est votre nom que mes yeux cherchent. Votre prénom sur mon écran. *Pardonnez-moi, Cécile, pardonnez-moi. Je vous avais demandé de ne plus m'écrire… Et c'est moi qui romps le silence.*

Lise devine aussitôt. À voix basse, elle me demande si c'est bien vous. Je souris. Elle se met à fouiller dans son sac, en sort son téléphone, me tend son écran en me disant qu'elle avait oublié de me montrer quelque chose. D'abord, je ne comprends pas tant le visage est immense, la photo d'un visage sur la façade d'un bâtiment. Mais peu à peu je reconnais votre profil, votre chevelure, vous en géant accroché à Carnegie Hall. Et nous rions comme des adolescentes. Lise me raconte que lorsqu'elle était allée voir Mme Sharpson, le jour où, ensemble, elles m'avaient commandé des fleurs, la vieille dame lui avait raconté que vous donniez un concert, elle se souvenait que je lui avais parlé de vous. Et Lise, avant de rentrer chez elle, était passée devant Carnegie Hall pour voir si votre nom apparaissait. Mais c'est votre profil au centuple qu'elle avait découvert, déployé sur toute la hauteur de l'immeuble. Je ris en voyant la photo. Et pourtant ma poitrine me fait mal lorsque j'imagine votre visage offert aux milliers de passants, votre visage que je désire si ardemment caresser dans le secret d'une chambre. Je souffre à l'idée que d'autres vous regardent, vous parlent et vous écoutent. Mme Sharpson vous a-t-elle invité après l'un de vos concerts, à ses fameux dîners où elle convie les musiciens ? Lui avez-vous souri, lui avez-vous parlé, vous êtes-vous assis auprès d'elle, lui avez-vous serré la main ? D'un ton faussement mondain, Lise décrète qu'il est inacceptable que vous et moi ne soyons encore jamais venus dîner ensemble dans leur appartement de West Harlem. *Il faudrait qu'on invite le Maestro à venir fédérer nos voix cristallines autour d'un repas de fête !*, dit-elle en faisant mine de sortir son agenda et de noter la date fictive à laquelle nous viendrions, vous et moi, manger et chanter à leur table.

En rentrant, cette nuit, je longe à vélo le Jardin des Plantes d'où monte une odeur fraîche de terre mouillée, une odeur de jeunes tiges. Je pense à vous, l'homme qui parcourt la planète, l'homme de la scène, l'homme des timbres et des tonalités, du travail acharné et des applaudissements. Lorsque j'arrive chez moi, après la douche qui ne parvient pas à calmer la chaleur de la nuit, une fois couchée, lumières éteintes, dans le silence, je vous réponds que moi aussi je pense à vous. Que désormais plus un jour ne s'écoule sans que je ne pense à vous. Et aussitôt, les trois notes métalliques annoncent votre retour. *C'est terrible, c'est trop long, Cécile, je veux vous voir, je voudrais vous parler.* Vous demandez si vous pouvez m'appeler. Des heures entières, nous nous parlons. Votre voix dit, *Un mot de vous et mon cœur s'emballe, et mon corps se déploie.* Elle dit, *J'aimerais vous célébrer, dans un lit, sous un porche, dans une forêt la nuit, dans la pénombre et la clarté.* Je vous écoute me supplier, *Cécile, ouvrez-moi votre cœur*, me demander, *J'aimerais savoir, je vais rougir, mais je voudrais savoir, comment êtes-vous lorsque… si je… murmurez-vous, chantez-vous… ? Comment serez-vous lorsque je vous tiendrai entre mes bras ?* Et aussitôt, je vous réponds, *Je serai votre Reine de la Nuit !*

f

J'avais quitté New York. À Paris, l'ami de Corinne m'avait présentée à son rédacteur en chef qui m'avait confié un court article puis un deuxième. Maman venait de retrouver dans des cartons les cassettes que j'enregistrais enfant, les interviews de musiciens inventées. Je les avais réécoutées, il me semblait que c'était un signe. Pourtant, l'année progressait à tâtons, dans des incertitudes presque aussi grandes qu'autrefois, lorsqu'au lycée normal, vers l'âge de quatorze ou quinze ans, il m'avait fallu tracer un nouveau chemin. Un chemin sans musique.

Peu après mon retour à Paris, le rédacteur en chef m'avait parlé d'un projet. Puisque je connaissais si bien Salzbourg, pourquoi ne pas écrire un article, peut-être même un minuscule ouvrage sur la ville, ponctué d'extraits de textes littéraires. Il connaissait un éditeur que cela pouvait intéresser. Nous nous étions rencontrés. Et tout à coup, les heures passées à arpenter à pied les ruelles de Salzbourg et à vélo la campagne, à lire Zweig, Schnitzler, Trakl, Bachmann, Bernhard, toute la correspondance de la famille Mozart et même Marcel Brion de l'Académie française, tout cela s'était mis à converger vers un but clair et tangible : un petit livre. Après le rendez-vous, je m'étais laissée tomber sur la banquette d'un café, un peu déconcertée. Dehors, il pleuvait. Mozart revenait toujours, inexorablement.

Pendant plusieurs semaines, j'ai cherché, fouillé, rassemblé, découpé, sélectionné des textes. J'ai relu les lettres polissonnes que Wolfgang écrivait à sa cousine, celle qu'Il aimait tant, celle de ses premiers élans, sans doute de ses premiers ébats. Des lettres où Il lui déclarait, « Mon père vous donne sa bénédiction avunculaire et ma sœur vous donne mille baisers cousinesques. Et votre cousin vous donne ce qu'il n'a pas le droit de vous donner. » Souvent, au milieu d'une phrase fantasque sans début ni fin, Il lui répétait la même question comme un clin d'œil fripon, « Dites-moi, avez-vous encore fait le *spunicunifait* ? » Et je riais surtout de la prude note du traducteur qui à deux siècles d'intervalle semblait embarrassé et précisait en bas de la page : « Nous ne savons pas de quoi il s'agit » ! Je replongeais ainsi dans les mots de Mozart et dans d'autres qui me parlaient de Lui, de sa ville, de sa vie. Et puis je me suis mise à écrire. Parler de Salzbourg, c'était encore une façon de L'atteindre sans s'approcher vraiment. Je me souvenais de l'injonction de Marcel Brion : *On ne touche pas à Mozart! Mozart c'est sacré!*

Alors je me cachais derrière la ville dont j'écrivais qu'elle ressemblait à une mère inconsolable, serrée contre le pourpoint d'un fils dont elle n'avait pas su reconnaître le génie de son vivant. Voilà pourquoi elle était investie d'une vocation unique et solennelle, une vocation qui la rendait aussi plus vulnérable, malgré sa virile forteresse campée sur les hauteurs. Ce n'était pas Vienne, ville à laquelle sont associées tant d'images immuables : le Danube et les valses, les peintres et les Habsbourg, le psychanalyste et les cafés, le Prater… Salzbourg, comme les Vierges baroques dont regorgent ses chapelles, ne semblait exister que pour la gloire de son enfant unique. Tout convergeait vers une seule vocation. Musicale. Mozartienne.

Un jour, le petit livre est sorti. C'était étrange de voir mon nom derrière une couverture qui arborait le visage de Mozart. Ce n'était pas un beau portrait. Pas celui à l'éperon d'or ou l'inachevé de 1791. C'était un visage déformé, mal tracé, à la craie, par un dessinateur d'été qui attendait les aumônes des touristes sur le parvis de la maison jaune de la Getreidegasse. C'était un faux portrait. Et pourtant, j'espérais qu'avec ce petit livre sur Salzbourg *cela* s'achèverait enfin. Toute cette histoire qui s'était prolongée bien au-delà de l'enfance, j'espérais qu'elle s'achèverait. Il fallait en sortir, muer. Grandir.

Je me suis mise à voyager. Grâce à l'ami de Corinne, une

autre vie s'est inventée. Une vie d'hôtels, d'avions et d'interviews. Je rencontrais des architectes, des femmes d'affaires, des cuisiniers, des diplomates, des chorégraphes, des peintres. Des musiciens aussi. Je m'ancrais dans le présent. C'en était bien fini du passé, de cette histoire qui n'avait pas cessé de mourir. Enfin, je le pressentais, je m'incarnais. J'allais pouvoir sortir d'un mort. Un mort qui avait passé sa vie à voyager.

Cette nuit, après avoir raccroché avec vous, Maestro, je m'effondre, épuisée. Dans mon sommeil, je fais ce rêve troublant. J'avance avec Tristam sur des chemins de campagne, nous sommes en fuite. Nous nous cachons dans des granges, des forêts, des jardins. Quelqu'un finit par nous surprendre. C'est vous. Je me réveille. Aussitôt je comprends : malgré Tristam, et malgré votre Aloisia, nous ne pourrons plus jamais, ni vous ni moi, échapper l'un à l'autre.

Mon lit est vide. Plein de votre désir que je perçois à des milliers de kilomètres. Vous m'attendez. Je tends vers une date inconnue. Vous m'avez dit, *Je veux vous voir, Cécile, je veux vous découvrir.* Vous avez dit, *Après l'été.*

Et il me semble avoir sombré dans une nuit qui s'écoule lentement, qui me soulève, qui me bouleverse, et qui tout illumine.

f

Quelques jours avant mon départ en vacances, Tristam me téléphone. Il me demande si j'irai à Salzbourg. Je lui propose de m'accompagner, même si je sais qu'il refusera, ne pourra pas.

— Tu y vas seule ?

Je pousse un cri.

— Je n'avais même pas imaginé que tu puisses penser…

— J'y pense sans cesse.

— Écoute, je ne suis pas sûre que tu comprennes. Moi-même je ne comprends pas très bien. Je t'ai parlé de cet homme parce que je ne pouvais pas te mentir. Mais je regrette. Parce que… au fond… ce n'était pas une rencontre.

— Mais qu'est-ce que ça veut dire ?

— Que je l'ai toujours connu. Enfin, j'ai l'impression… tu comprends ?

— Non. Je ne comprends pas. Et je ne vois pas ce que ça changerait.

— Mais je ne sais pas comment te l'expliquer autrement !

Tristam ne répond pas. J'entends dans son silence sa gorge se serrer, ses mâchoires se contracter. Comment avouer que je n'aurai pas la force de ne plus vous revoir ? Que je désire vous découvrir et aimer votre corps ? Comment dire à un homme qu'un autre vous hante ? Un mort. Et tout à coup son prolongement de chair, sensuel, réel. Comment dit-on ces choses que l'on comprend à peine, que l'on devine seulement du bout de la pensée et pour lesquelles les mots défaillent ? Tristam me parle au téléphone, je ne l'entends plus, je n'entends plus que sa présence lointaine, la joie malgré la confusion. L'envie de lui dire de ne pas bouger, de rester où il est, de m'attendre parce que j'arrive, j'accours. Mais il serait quand même le premier devant notre café, il ferait les cent pas, rivé sur son écran. Il m'écrirait, *Prem's*. Je lui répondrais, *Deuz*. Et il lèverait la tête quand je serais devant lui. Mais je l'entends me dire :

— Je ne veux plus que tu le voies.

Et aussitôt :

— Je crois que je ne pourrai pas.

Un long blanc. Tristam raccroche. Je rappelle aussitôt mais il ne répond pas. Alors je m'allonge en silence sur le sol, immobile jusqu'à ce que la nuit tombe et me recouvre. Je me réveille des heures plus tard, engourdie, endolorie, incrédule face à l'énormité de ce qui vient de se produire, cette fin que nous ne voulions pas et qui s'impose, véhémente, inéluctable, au-delà de nos forces. Devant laquelle je sais qu'il faudra m'incliner. Je dois me rendre à l'évidence : il n'y a plus de retour en arrière. Même si rien ne m'assure, Maestro, que vous et moi nous reverrons.

Jusqu'au départ à Salzbourg, les jours se passent dans l'hébétude, la douleur et l'incrédulité. Le premier jour des vacances, je me réveille très tôt. Il fait presque encore nuit lorsque je longe la Salzach à vélo en regardant s'approcher les montagnes, les églises et les maisons construites à même la roche. La vue des dômes vert et brun de la cathédrale et de la Collégiale me console, me ranime doucement. Tout comme le chemin ombragé de marronniers qui ne laisse voir que l'autre rive : la grande salle du Mozarteum derrière laquelle on imagine les jardins Mirabell, la pâle façade de l'hôtel Sacher. Par chance, l'odeur de l'eau et des alpages purifie mon esprit qui pleure encore Tristam et vous attend déjà. Au fond, sur les hauteurs boisées du Kapuzinerberg, le couvent jaune des Capucins perce la forêt, tout comme la minuscule église de Sankt Johann, déserte, où brûlent toujours mystérieusement des cierges. Je redeviens presque légère, comme si de ces lieux dépendait mon bonheur.

J'avance sur mon vélo et tout à coup *cela* tremble. Si vous saviez comme *cela* tremble à l'intérieur de moi, Maestro. Depuis ce jour de mai où vous m'avez parlé la première fois, comme *cela* tremble, cette passion de l'enfance que vous avez fait ressurgir. Comme j'ai envie de la dire, et plus encore maintenant, alors que peu à peu je renonce à Tristam, que je n'ai plus peur de le blesser, depuis vos derniers mots aussi, votre promesse de nous revoir. *Cela* ne peut plus attendre. Je n'osais pas, longtemps, je n'ai pas osé Le raconter. Lui, le mort. Mais depuis vous, grâce à vous, *cela* bouillonne à nouveau, je n'ai plus peur, je n'ai plus honte.

Parfois je vous imagine travaillant une partition, celle de la symphonie Haffner, Linz, Prague, Jupiter, embrassant tout d'un seul regard, de vos yeux entendant tout. Et cette intimité de vous à Lui me fascine et me peine, c'est l'aporie la plus parfaite : jamais je ne pourrai éprouver la sensation du simple geste avec lequel vous faites partir tout un orchestre, quand tout commence et qu'Il revit. Quand sous vos mains Il vibre. Je repousse cette pensée, trop inquiétante, trop douloureuse aussi. Car avec vous, dans votre chair, *cela* devient réel, *cela* devient presque palpable. Vous n'êtes pas l'homme dont on ne sait d'où il vient, deus ex machina qu'on applaudit et puis qui disparaît derrière les rideaux rouges. Vous êtes un homme qui attend mes caresses, mes baisers. Pourtant jamais je ne saurai ce qui se trame dans votre corps, dans votre cœur, dans votre tête quand la musique surgit de sous vos mains levées. Et je préfère imaginer en vous l'amant qui se languit de moi.

Cependant, ce rendez-vous de l'automne dont je frémis à l'idée qu'il puisse ne jamais avoir lieu, je le sais, n'est pas qu'un rendez-vous d'amour, c'est un rendez-vous d'âmes. Et je repense aux moines vêtus de noir sur les bancs du rosaire, qui se survivent dans les siècles des siècles. Un jour, lointain, très lointain je l'espère, un autre que vous endossera votre costume de scène. Et Le fera revivre à votre place, Lui, le mort.

J'attends, j'espère la rencontre promise.

Il est encore très tôt. Six heures sonnent aux clochers. Je dépose le vélo près du pont que nous avions franchi, ma sœur, mes parents et moi, ce jour d'été 1985 pour visiter la maison jaune d'où a disparu le vieux pianoforte (la frayeur, bien plus tard, de découvrir un instrument qui semblait neuf, une copie. M'étais-je trompée ? Toutes ces années avaient-elles reposé sur un leurre ? Le soulagement lorsqu'on m'avait confirmé que l'original avait été transféré dans un autre musée au milieu des années 90). Je traverse les passages qui mènent à la Getreidegasse, les patios de granit qui ressemblent à l'Italie, jusqu'à la place du marché. Et je cours presque dans les venelles désertes tellement j'ai hâte de les saluer après toute une année d'absence. Devant l'église de Sankt Peter, assise sur le rebord de la fontaine, entourée des murs blancs du couvent, aux fenêtres rehaussées de rose, j'attends le sacristain qui ouvrira les portes avec ses clés immenses. À l'intérieur, les dalles de marbre lissées par les siècles résonnent. Je suis seule. Je vais brûler le premier cierge du jour, demander la grâce de faire surgir ce qui exsude, ne plus le garder à l'intérieur de moi. Ce suaire qui m'a si longtemps recouverte, je voudrais l'exhiber enfin. Le retourner comme une peau. Écrire et faire taire l'injonction négative : *On ne touche pas à Mozart !*

Où êtes-vous lorsque j'allume cette bougie qui vous est destinée ? Pourquoi les villes qui nous appellent ne nous veulent-elles jamais ensemble ?

Des mots de vous résonnent en moi, des pensées inconvenantes. La pensée de vos mains sur mes hanches et mon dos. Mais j'ai confié tant de prières à cette église qu'elle est devenue comme une amie discrète à qui je peux tout dire. Dans la contre-allée, je passe devant la tombe de Michael Haydn, sa croix drapée d'un voile de pierre. Le musicien buveur dont se moquaient les Mozart a eu sa sépulture. Wolfgang, Lui, est perdu pour toujours au fond d'une fosse commune. Je prie pour Lui et je prie pour Tristam, je prie pour que nos peines s'estompent, je prie pour vous et pour que nos corps se rencontrent.

Il est presque neuf heures et les baskets des touristes commencent à crisser sur les dalles de la nef. Je les fuis rapidement en traversant la cour du cloître puis en longeant le Festspielhaus pour rejoindre la bibliothèque. Je monte jusqu'au bureau caché derrière les rayonnages, secret, devant une grande fenêtre dont j'ouvre les battants. Aussitôt, le calme et la chaleur s'engouffrent dans la salle studieuse. Dehors, les cloches sonnent. J'écris. Les heures passent. J'en arrive au moment où papa entonne son compte à rebours et où nous franchissons la Salzach. L'instant est intact. Rien n'a changé. Ni l'émotion ni les rues. Le pas des chevaux sur le pavé qui résonne. En face, dans le Festspielhaus, quelqu'un joue du violon. Je l'écoute les yeux fixés sur le fanion qui annonce les représentations de *Così fan tutte* en se gonflant de vent. J'écris une dernière ligne avant de refermer les vitres. Une voix prévient que la bibliothèque est sur le point de fermer. L'été, on congédie les lecteurs dès le milieu de l'après-midi, lorsqu'en bas commencent à arriver les femmes dans leur robe longue et les hommes en smoking pour parader avant un opéra. Vous souvenez-vous, Maestro ? Vous m'aviez dit que j'étais snob. Nous avions ri. Je n'ai pas de robe longue, juste un ordinateur que je referme avant de retrouver mon vélo et me frayer un chemin parmi *les belles toilettes*, avant de pédaler à travers la campagne jusqu'au village de Karajan.

La veille de mon retour à Paris, pourtant, je vais à un

concert. Dans ma Dirndl, je pense à vous. J'aimerais que vous la voyiez, j'aimerais que vous me l'enleviez. Je gare le vieux vélo contre une étroite façade dont la couleur est tendre. Des robes longues me frôlent, des sourires maquillés se répondent. J'avance parmi la foule. À l'entrée, un jeune homme me tend un programme sur lequel figure le nom de l'*orchestre mythique*. Vous souvenez-vous que vous aviez pensé à moi en le dirigeant ? Je m'installe dans la salle aux fauteuils amarante. Les musiciens s'accordent, je regarde leurs visages en songeant que vous les connaissez, que vous avez passé avec eux plus d'heures que vous n'en avez jamais passé avec moi.

Et c'est un vrai miracle. Comment cette musique-là a-t-elle pu m'échapper, depuis toutes ces années, comment ai-je pu ne l'avoir jamais entendue ? Deux concertos pour piano, le 12 et le 13, certainement une place vide dans le grand cahier cartonné du catalogue Köchel, une place vide à l'emplacement des numéros 414 et 415, les « concertos viennois ». Un étonnement, avoir pu manquer cela, les deux andante majestueux et aériens, par moments ténébreux. Un bonheur de pouvoir découvrir encore, écouter encore, d'une oreille vierge, neuve, ses œuvres comme si elles n'avaient jamais existé.

Pendant qu'il les compose, Wolfgang écrit à son père, en décembre 1782 : « Ils tiennent juste le milieu entre trop difficile et trop facile – ils sont très *brillants* – agréables à l'oreille – naturels, sans tomber dans la platitude – ici et là – *seuls les connaisseurs y trouveront satisfaction* – mais de telle sorte que les non-connaisseurs puissent être contents sans savoir pourquoi. » Je ne connais rien, plus rien, et je ne sais pas pourquoi cette musique-là est belle. J'en ai perdu le sens comme peu à peu on perd une langue à force de ne plus la pratiquer, comme on peut encore la comprendre sans plus pouvoir la parler. J'en ai perdu le sens et pourtant elle m'emporte.

Je reprends mon vélo, posé contre le mur rose tendre, rentre en longeant la Salzach, devant les ponts et les dômes éclairés, les deux clochers illuminés de Maria Plain, au loin sur son alpage. Ce soir, la veille du retour à Paris, dans la douleur d'avoir perdu Tristam, malgré l'espoir de vous revoir, je ne retiens pas mes larmes. Je pleure d'une tristesse insatiable. Quitter Salzbourg me fait toujours plus mal.

f

Pendant des semaines je vous ai attendu, Maestro. Vous m'avez dit *Après l'été*. Le soleil chauffe sur mon visage, à la terrasse des cafés, dans les parcs, dans les rues, je vous attends en écoutant l'ouverture de *Don Giovanni*, sans cesse et jusqu'à l'obsession.

Une nuit, au téléphone, vous m'avez dit que dans cette ouverture, après les deux grands accords qui sont comme deux grands cris déchirant tout l'espace, *Ce sont des battements de cœur, des sons entrecoupés de silence. Et ce silence est encore plus impressionnant que les cris qui précèdent, parce qu'il ne se passe plus rien et qu'on est pétrifié, et que ces battements de cœur rendent le silence encore plus effrayant*. Et c'est dans ce silence que je vous attends. Il ne se passe plus rien et je suis pétrifiée à l'idée que peut-être vous ne voudrez plus me voir. Une nuit entière je fais brûler les petits cierges ramenés de Maria Plain. Le lendemain, je suis dans le métro, les yeux fermés, j'écoute et réécoute les deux cris qui déchirent, les battements entrecoupés de silence, et c'est une manière de prière, c'est une incantation. J'écoute les yeux fermés et soudain la musique s'interrompt sur trois notes métalliques. J'ouvre les yeux comme une ressuscitée. Je scrute l'écran. Je n'ose plus croire à votre nom. Pourtant c'est lui. C'est vous. *Cécile, à force de ne plus vous écrire, je ne sais plus par où commencer…* Ma tête se heurte à la barre de métal. En face de moi, les voyageurs sont absorbés par la lecture d'un journal ou l'envoi d'un message. Ils ne remarquent pas que tout mon corps défaille. *Je vais venir demain. Je vais venir vous voir chez vous comme je vous l'ai promis.* Je trouve à peine la force de vous répondre, *Tout ce temps, tout ce silence !* Vous écrivez, *Pardon. C'était si long. Mais vous étiez en moi…*

Je ne dors plus. La nuit me semble interminable. Je vous attends. Soudain j'ai peur que votre mort ou que la mienne ne nous empêche de nous revoir. J'ai tant rêvé vos yeux, vos cils frôlant les miens. J'ai peur que cela reste un rêve. Votre venue, maintenant qu'elle est si proche, me paraît irréelle. Lorsque vous m'écrivez que vous êtes en chemin, je ne suis pas encore prête. Ma peau est parfumée, mon visage maquillé mais je suis incapable de choisir un vêtement. Je vous écris, *Dirndl ou jean ?* Vous ne pensez sûrement pas que je suis nue chez moi, que ma question est véritable. Vous répondez d'un ton espiègle, *Jean, queue-de-pie ou rien ?* Je frémis. J'ai peur de ne plus vous plaire. Je sors la Dirndl de l'armoire et puis j'enfile une robe légère, de soie beige.

Vous m'appelez. Vous êtes en bas. Je cours vers l'escalier. Vous êtes encore sur le palier lorsque nous nous ouvrons les bras. Vous êtes grand, imposant. Nous avançons en nous tenant. Vous entrez, me serrez contre vous. Le moment est enfin arrivé, que nous avons espéré pendant des jours et des semaines. Ce moment où nos corps vont s'aimer. Maintenant vous êtes debout devant la fenêtre, tout comme le premier jour où nous nous étions vus. Votre dos est légèrement voûté. Cela vous donne un air de grand adolescent. Vous caressez mon visage tandis que je défais un à un vos boutons. Minutieusement, délicatement. Mes doigts progressent le long de votre torse, descendent jusqu'au petit cratère de votre ventre. Maintenant votre chemise est grande ouverte, mes mains remontent dans votre dos, elles se réchauffent dans le soyeux de vos épaules. D'un mouvement net elles repoussent le tissu, elles font glisser les manches, déposent la chemise sur le dossier du fauteuil rouge. Vous plongez dans ma robe entrouverte, votre joue sur mon sein. De mes cuisses je vous pousse vers le lit. Je vous étends et je m'étends sur vous. Le fracas de vos chaussures sur le parquet fait résonner la pièce. Vous me souriez, vous prononcez mon prénom plusieurs fois. D'un air très grave vous dites, *Vous étiez loin, mais si présente en moi.* Je soupire, vos mots se diffusent lentement, profondément à l'intérieur de moi. Je découvre votre ventre embrassé une seule fois, vos bras, vos cuisses. Votre racine tendue vers moi. Vous soupirez. J'aime que vous disiez *J'aime* en gémissant lorsque je la recueille et que je vous caresse. Dans vos yeux je lis le ravissement. Je goûte votre peau, je vous respire, je veux être certaine de ne pas vous avoir inventé. Je mâche votre chevelure, je dévore vos aisselles et vos flancs, je presse mes tempes contre vos tempes, j'embrasse vos pieds, j'embrasse vos jambes. Vos lèvres sont partout sur moi, votre langue lape mon cou, ma poitrine, là où mon sexe est rose. Vous buvez mon désir, mains calées sur mes hanches, puis vous coulez contre ma peau, votre visage est au-dessus du mien, vos yeux avalent les miens. Je sens dans la moiteur, à l'orée de mon ventre, la force des longs jours où vous m'avez attendue. Et brusquement vous m'emplissez, vous grandissez, vous vous mouvez à l'intérieur de moi. L'amour commence à peine lorsque vous murmurez, *J'ai tant rêvé de cet instant.* Nos bouches entrouvertes, nos gorges serrées, nos regards incrédules, surpris par tant de joie. Je ne sais plus où votre corps commence et où finit le mien. Pourtant c'est en voyant votre chemise posée sur le fauteuil, alors que votre visage est enfoui dans ma nuque, que nos cheveux se mêlent, que nos cris se confondent, que je ne peux plus douter ni de vous ni de votre présence. Votre peau sent la mienne, mon corps gorgé de vous. Je vous entends murmurer mon prénom. J'aime vous entendre et regarder nos corps s'aimer, votre corps nu et noble. Vos pieds caressant mes chevilles, vos belles mains aux ongles élongés enserrant mes épaules. Vous me demandez de vous redire les mots que j'avais prononcés une nuit d'un continent à l'autre. Des mots drus, audacieux. Vous m'implorez. *Faites-moi rougir, Cécile!* Vous m'empoignez, vous retournez mon corps, je ploie sous votre poids, vous dites que je suis belle. Ma tête s'enfonce dans l'oreiller, et j'écoute votre voix qui s'étire dans ma nuque, s'éteint dans mes cheveux. Vous recouvrez mon dos, vous me faites disparaître à l'intérieur de vous, je tourne mon visage et lorsque, à nouveau je vous vois, c'est une apparition. Vous me souriez comme si vous compreniez, le bonheur, la douleur, l'envie de vous garder, de ne plus jamais vous laisser repartir. Vous faites glisser lentement vos doigts entre mes doigts. Nos mains s'attrapent, elles se crispent ensemble.

Et d'un simple regard, d'un seul geste de vous, j'entonne l'Exsultate jubilate.

Trois heures, brûlées tel un cheveu, dans une contraction fulgurante qui laisse une odeur âcre, celle de votre départ. Le lit défait est imprégné de vous. Vous êtes assis sur le rebord, nu. Je vous demande quand vous rejoindre à Prague. Vous indiquez un jour, un jour où nous aurons une nuit. Vous répétez la date. Nous nous sourions, vous m'embrassez. Vous évoquez l'envie de replonger entre les draps encore brûlants de nous. Mais vous devez partir. Je vous rhabille, vous êtes humide de nous. Votre front perle et je vous bois. J'aime votre odeur, j'aime votre goût, la sensation de vos cheveux ondulant sous mes doigts. Vous vous levez, vous êtes debout devant le fauteuil rouge, vous enfilez votre chemise. Je réprime un sanglot. Vous franchissez la porte. Vous vous tenez devant moi, sur le tapis rouge du palier. Votre main est posée sur la rambarde en bois, un pied déjà sur la marche inférieure. Vous êtes tourné vers moi, comme si vous arriviez alors que vous partez. Vous m'attirez pour un dernier baiser avant une volte-face. Je descends derrière vous un étage. Vous me serrez une dernière fois, je me courbe sous vos bras. Seul, vous continuez votre descente. Mes mains s'agrippent à la rambarde. Je me penche, je veux vous voir encore mais je n'entends que vos pas étouffés par le tapis, vos pas glissant trop vite. L'enfilade des paliers qui serpentent forme une lucarne ouverte sur le dallage du rez-de-chaussée. Et soudain, dans ce cadre de bois, sur le blanc du dallage, je reconnais votre silhouette. Votre visage levé vers moi, votre sourire. Je suis penchée, j'aimerais tomber jusqu'à vous et mourir à vos pieds. Mais vous portez vos deux mains à vos lèvres et tendrement vous soufflez. Le temps que votre baiser monte, vous avez disparu.

f

Il me semblait que vous aviez plongé sans hésiter un seul instant dans notre histoire. C'était exaltant et c'était effrayant. Lorsqu'un jour je vous en ai fait la remarque, vous m'avez rétorqué, *Mais vous… avez-vous vu quelles photos vous m'avez envoyées ?* Moi aussi, j'avais plongé sans hésiter. Pourtant, il me semblait que c'était vous le séducteur, vous qui m'aviez séduite. Il m'était difficile d'admettre que j'avais sans doute déployé toute l'ardeur nécessaire à vous plaire. J'avais senti l'attirance réciproque, mais aussitôt était venu le doute : cette chaleur dans votre voix, cette lenteur qui m'avaient enveloppée, en usiez-vous avec d'autres que moi ? Vous m'avez répondu que je vous avais envoûté, que ç'avait été délicieux, que vous n'aviez même pas songé à résister.

— Je n'analysais pas, je savais seulement que j'avais envie de voir votre visage, votre corps, votre sourire, votre regard, votre gravité.

— Donc vous analysiez.

— Oui, peut-être que j'analysais. Je savais que j'avais terriblement envie de vous voir. Que ce n'était pas une interview. Nous parlions ensemble... Vous me prenez vraiment pour un Don Giovanni ?

— Je ne sais pas. Parfois, j'en ai peur...

— Si vous saviez... comme vous seriez déçue ! Je suis tellement loin de ça.

Tandis que vous me rassuriez, je me souvenais que les auteurs qui avaient écrit sur Mozart avaient cédé presque sans exception à la même tentation : L'associer à son *Don Giovanni*. Dans le *Voyage de Mozart à Prague*, Mörike en avait fait un charmeur malgré Lui, doté d'un prodigieux pouvoir sur les femmes mais aussi sur les hommes, les jeunes et les vieux, les pauvres et les riches. Pour Kierkegaard, Mozart vivait *dans et pour* la musique, comme Don Giovanni *dans et pour* la séduction. Kierkegaard pensait d'ailleurs que le *Don Giovanni* de Mozart était bien supérieur au *Dom Juan* de Molière parce que son caractère musical lui conférait une spontanéité que les mots entravaient. Je trouvais à la fois évident et absurde qu'on superpose Mozart à ce personnage. Mozart avait aimé séduire, cela ne faisait aucun doute, mais séduire pour être aimé, et non pour conquérir. Il avait même été parfois un amoureux transi. Dans une lettre à son père, datée du printemps 1781, Il confie, à propos d'Aloisia, « Avec [elle], c'est vrai, j'ai été un fou, mais que ne fait-on pas lorsqu'on est amoureux ! Je l'ai aimée en vérité, et sens qu'elle ne m'est toujours pas indifférente. » C'est d'ailleurs ce même printemps que Mozart se brouille pour toujours avec le prince-archevêque Colloredo, et qu'Il devient ainsi le premier musicien indépendant de l'histoire. Il écrit alors à son père les lignes que Leporello chantera plus tard sans parvenir à les réaliser, « Je ne veux ni ne peux plus servir ». Wolfgang n'était donc pas vraiment Don Giovanni.

Et vous non plus, qui après m'avoir tenue dans la chaleur de votre corps, m'écrivez que vous voulez me revoir. *Encore, encore*, m'écrivez-vous. *Encore.* Après votre départ, j'éprouve longtemps, pendant des jours, la sensation de vos bras qui m'empoignent, je revois vos yeux s'accrocher dans les miens, j'entends vos mots, vos j'aime, *J'aime vous contempler, J'aime vous lire, J'aime votre voix.* Et j'entends votre phrase, celle que vous m'avez dite avant de disparaître, *Cécile, je ne serai pas souvent vôtre, mais lorsque je le serai, je le serai totalement.* Des images de vous me soulèvent que j'essaie en vain de repousser. Nous avons été trop lyriques et trop vite pour que je vous oublie. Mais nous allons nous revoir. Trois semaines de patience. Si peu et tellement long. Comment faire taire pendant vingt jours le désir que j'ai de vous ? Une nuit, une seule nuit avec vous. Je la pressens monumentale et tellement minuscule.

Pour vous attendre, je regarde parfois des photos que vous m'avez envoyées. Cela me fait du bien. Me décourage aussi parfois lorsque je pense à votre Aloisia, peut-être à vos côtés. Je me demande comment vous l'avez rencontrée, au cours de quel concert ou de quel opéra. Je me demande si vous aimez les chanteuses plus que les autres musiciennes. Mozart, Lui, les aimait. Nancy Storace, qui interprétait Suzanne dans les *Noces de Figaro*, aurait été sa maîtresse. Tant de femmes talentueuses vous entourent. Belles, brillantes. Et cela m'intimide.

Je m'endors en prononçant votre prénom, en éprouvant encore la sensation de vos caresses et vos baisers. Un soir, je vous confirme ma venue à Prague. Je vous avoue mon impatience. Et vous m'avouez la vôtre. Un autre soir je vous écris encore mais vous ne répondez pas. Vous ne me répondez plus. Je ne m'inquiète pas. Je vous connais maintenant. Désormais je connais vos silences.

Les jours qui suivent, je n'ose plus vous écrire. Et pourtant j'attends Prague. Plus que cinq jours. Plus que trois jours. Pas un signe de vous. N'est-ce pas fou ? D'avoir mis en péril une histoire bien réelle, sacrifié un amour, renoncé à Tristam pour un homme disparu ? La veille de mon départ je ne peux plus résister. Je vous supplie par des phrases tendres que vous laissez sans écho. Où êtes-vous ? Que faites-vous ? Je m'imagine seule et sans vous dans une ville où vous ne m'attendez plus, errant dans Prague la morte, vous dirigeant *Don Giovanni* et m'ayant oubliée. Je ne sais même pas dans quel hôtel vous dormirez. M'attendrez-vous ? Peut-être m'attendez-vous déjà sans oser me le dire ? Le départ est prévu pour demain et le silence s'allonge. Pendant la nuit, je ne dors pas. Votre mutisme est une morsure qui me fait osciller entre la peur et l'étonnement, la colère, l'abattement, l'impatience et la consternation, l'espoir encore. Le matin, je ne parviens pas à préparer ma minuscule valise. Je ne sais plus si je pars ou si je dois rester à pleurer dans mes draps. Je pèse un siècle, Maestro.

À quelques heures du départ, une sonnerie retentit. Ma main hésite à presser le bouton, ma voix s'éraille, s'efforce de former des sons. *Cécile, il faut que je vous parle…* J'attends. J'ai peur des mots que vous allez prononcer, j'ai peur que vous me demandiez de ne plus venir à Prague, de ne plus jamais chercher à vous revoir. Mais ce n'est pas moi, c'est vous, c'est vous qui dites *J'ai peur*. Vous dites, *J'ai peur, Cécile. J'ai peur de ne plus pouvoir me passer de vous. J'ai l'impression que tout s'effondre. Vivre avec vous est impossible. Vivre sans vous l'est tout autant.*

f

Lorsque j'atterris à Prague, vous êtes encore dans un avion. J'arrive à votre hôtel, je m'installe au bar, j'écris pour vous attendre. Notre histoire progresse dans les mots comme elle progresse dans la vie. Je me concentre sur les phrases pour chasser l'impatience, mais lorsque vous me dites qu'enfin vous êtes dans un taxi, et que vous arrivez, et que vous serez bientôt à moi, plus une seule phrase ne se forme. Je ferme l'ordinateur, je vous envoie un bref message.

— Que fait votre cocher ?

— Je n'arrête pas de lui dire d'éperonner ses chevaux !

Et puis soudain.

— Combien de minutes encore ?

— Zéro minute.

Vous me donnez le numéro de votre chambre. Je me lève et me remets du rouge à lèvres face au miroir au-dessus de la banquette. Je me dirige en automate vers l'escalier. Chaque palier qui me rapproche de vous est une épreuve et un délice. Je pose une main sur ma poitrine, comme ce matin de printemps, dans l'allée de Sainte-Anne, où vous étiez de dos, où je ne savais même plus si mon cœur battait fort d'avoir couru ou d'avoir peur. Cette nuit, nous dormirons ensemble. Cela est si intime. Je vous connais si peu. Entendre votre souffle, m'assoupir au creux de votre corps... Je parviens à l'étage indiqué, devant une porte blanche. Je frotte plutôt que je ne frappe. Je n'entends aucun bruit, aucun mouvement. Peut-être ai-je mal compris. Je m'éloigne. La porte s'ouvre. C'est vous qui me souriez. Vous me dites à voix basse, *Je suis au téléphone.* D'une épaule vous tenez l'appareil, d'un bras vous m'ouvrez grand votre poitrine. Je m'y installe, vous me serrez en continuant votre conversation.

Dès que vous raccrochez, ce sont vos lèvres sur mes lèvres, votre odeur, votre chaleur. Je prends votre visage entre mes mains. Je caresse votre front, vos cheveux. Vos doigts se posent sur mes épaules, vous défaites mon corsage que vous laissez tomber au pied du lit. Vos mains sur ma peau. Autour de nous la chambre est bleue. Je remarque ma valise, laissée à votre nom en arrivant, rangée auprès des vôtres, énormes et entrouvertes. Vos vêtements étalés sur des dossiers de fauteuils. Vos partitions sur le bureau, la table basse. Vous me poussez sur le lit. Mon ventre brûle, s'enflamme. J'ouvre votre ceinture, je dégrafe votre jean. Il y a maintenant votre corps nu, le grain de votre peau, vos mains qui me parcourent et votre sexe qui pulse entre nos ventres. Dans une lente vague exquise, dans des lueurs rosées, nos yeux se perdent, vous vous noyez, vous nous noyez ensemble. Votre visage sur le mien en miroir, votre visage qu'il me paraît avoir toujours connu.

Longtemps nous nous abandonnons, jusqu'au moment où le jour a faibli et que soudain vous sursautez. Vous l'aviez oublié. Don Giovanni, nous l'avions oublié. Vous regardez votre montre posée sur le chevet. Vous dites que vous devez vous habiller, partir, manger, revoir les musiciens et les chanteurs. Je vous retiens encore entre mes jambes bloquées autour de votre taille. Vous m'embrassez, je vous délivre, vous vous levez, nu dans la pièce vous regardez à l'intérieur de vos valises et du placard, vous ouvrez des housses et vous cherchez. Je demande quoi, vous répondez, *Le gilet blanc qu'on porte sous la queue-de-pie.* Vous semblez affolé. Je vous dis de garder votre calme, vous jetez vos affaires à travers toute la pièce. Je n'ose pas rire. Je vous demande si je peux vous aider. La réponse n'est pas claire, vous allez, vous venez, vous dites que vous avez dû l'oublier, ailleurs, dans une autre ville, un autre hôtel. Je vous réponds que c'est impossible et qu'il faut vous calmer. Je veux vous prendre dans mes bras mais vous sautez à pieds joints dans l'une de vos valises ouvertes. Vous êtes entièrement nu, cul nu dans une valise, cherchant votre gilet parmi les partitions et les chemises déjà portées. Oh que vous êtes émouvant à ce moment précis. Il faut que je vous aide, malgré ma gêne à toucher vos chemises, vos pulls et les objets intimes d'une existence dont je ne fais pas partie. Quel abîme entre nos corps qui s'aiment et tout ce que j'ignore de vous. Jamais nous ne nous sommes assis ensemble pour partager un repas, vous ne savez pas que j'ai une sœur et je ne sais pas comment s'appelle votre meilleur ami, si vous en avez un, le prénom de votre frère. J'entre dans la penderie mais vous voulez m'en dissuader, vous dites que vous avez déjà cherché. Je ne vous obéis pas, parce que je sais qu'en cet instant vous n'êtes plus maître, que vous n'êtes pas encore celui qui s'inclinera dans la lumière et les applaudissements. Le gilet blanc est suspendu au milieu des costumes. Je le saisis et je m'avance vers vous en tenant mon butin. Vous ouvrez de grands yeux. Vous dites, *Comment avez-vous fait?* Vous m'embrassez. Vous respirez enfin.

Dans la salle de bains je vous suis, vous observe. Je ne peux pas vous laisser seul. Je veux vous voir, me saturer de vous. Devant le miroir vous levez le menton. Le bruit du rasoir couvre un instant nos paroles. Mes doigts récoltent la poussière bleutée qui se répand comme une pluie sombre sur le lavabo.

— Vous avez le trac?

— Vous n'avez pas remarqué?

— C'est ça, le trac, ne pas trouver son gilet blanc ?

Je passe une main dans vos cheveux.

— J'ai beau en avoir l'habitude, ça ne change rien du tout.

— Et après ? Et sur scène ?

— Après, c'est la concentration, c'est le travail et c'est la joie.

Mes lèvres embrassent vos joues devenues impeccablement douces, caressent votre menton. Je m'imprègne de vous qui bientôt serez le centre de tous les regards. J'aime être seule avec vous dans cette pièce exiguë et humide, nos deux corps encore dévêtus. Maintenant vous n'êtes qu'à moi. Bientôt vous serez à tous. Je vous demande de choisir la robe que je mettrai pour vous ce soir. À l'Opéra, parmi les yeux rivés sur vous, je veux que ce détail prolonge un peu l'intimité de ce moment que nous vivons. J'en étale trois sur votre lit. Vous m'en désignez deux. Je les essaie. Vous choisissez celle en soie prune. Je la retire pour ne pas la froisser. Vous m'attirez vers le miroir immense accroché dans l'entrée, vous me placez devant vous. Je suis nue en talons lorsque vous appuyez votre tête dans le creux de mon épaule, mes seins sont cachés sous vos mains et vous nous regardez, nous contemplez. Je n'en crois pas mes yeux, vos cheveux sur ma peau, votre menton enchâssé dans mon cou, vos yeux un peu las qui se raniment en nous voyant. Je vous trouve majestueux. J'aimerais que vous ne me quittiez plus, que nous restions ainsi. Arborisés, Philémon et Baucis. Mais vous enfilez votre veste et vous partez en emportant la partition de *Don Giovanni* sous un bras, votre habit dans sa housse. Pour rire je dis, *Travaillez bien!* Vous répondez, *Je vous le promets.* Nue, en talons hauts, je referme la porte, je m'y adosse en soupirant, les yeux clos, pensant à la soirée où vous serez à tous et à la nuit où vous ne serez qu'à moi.

f

Depuis que j'avais commencé à écrire cette histoire, il m'apparaissait toujours plus clairement que la mort avait été infiniment présente, que je n'avais cessé de tourner autour d'elle, de la chercher, de la guetter, sans doute pour m'assurer qu'elle n'était qu'un prolongement, qu'une autre face de l'existence. Combien de fois avais-je rejoué dans ma tête d'enfant cette scène du film où Il divaguait tandis qu'on Le transportait dans l'escalier? Je suivais la caméra qui gravissait les étages en même temps que se superposaient ses souvenirs du passé, sa vie qui se rejouait dans une célérité impressionnante. Son corps, recouvert des manteaux que ses amis avaient enlevés pour Le réchauffer, était encore poudré de la neige qui tombait au dehors, ce soir de la fin de novembre 1791. À travers des rues obscures, éclairées à la torche, on L'avait ramené du théâtre de Vienne où Il dirigeait *La Flûte enchantée*, hors des murs de la ville, là où se trouve aujourd'hui le marché du Naschmarkt. Trois hommes Le portaient tandis qu'Il revoyait le visage de son père, celui de sa mère morte à Paris et de sa sœur devenue presque étrangère depuis qu'Il avait épousé Constanze. À trente-cinq ans, Il n'avait plus que deux semaines à vivre.

Petite fille, je regardais ce retour sur images, le passé qui défilait dans ses yeux. Je ne savais pas qu'on revoyait sa vie avant de mourir. Je demandais à papa s'il s'agissait d'un événement inévitable, revoir sa vie avant de mourir. Papa me répondait que c'était du cinéma. La vie qui repassait en boucle à cent à l'heure, tout ça était une invention. Pourtant, un jour, dans un musée, j'avais vu la spirale de lumière, la *Vision de l'au-delà. La Montée des bienheureux vers l'empyrée* de Jérôme Bosch. C'était un tunnel éblouissant dans lequel montaient en flottant des âmes guidées par des anges. Cela ressemblait à ces expériences de mort imminente dont je m'étais mise à lire plus tard les récits, vers quinze ou seize ans, et qui m'effrayaient autant qu'ils me rassuraient. Les gens qui avaient frôlé la mort racontaient l'immense amour dans cette lumière et les souvenirs qu'elle faisait ressurgir à une vitesse au-delà de l'entendement. Je repensais à la chaux vive, un jour d'hiver 1791, au corps de Mozart sans doute déposé sur une dalle froide de la cathédrale Saint-Étienne en attendant d'être jeté, dans un simple linceul, au fond d'une fosse commune, glissé depuis un cercueil ouvert à son bout comme une énorme chatière et qu'on réemployait de corps en corps. L'été, au jardin, vers quinze ou seize ans, lorsque je m'asseyais pieds nus dans la pelouse, genoux relevés, talons frottés par l'herbe qui jaunissait sous le soleil, bras tendus derrière le dos, mains bien à plat sur la terre poussiéreuse, j'imaginais mes chairs qui pourriraient un jour sous elle, j'en voyais les lambeaux détachés de mes os. Et je pensais au corps de Mozart.

Un jour, à dix-huit ans, j'étais allée Le voir à Vienne.

J'étais montée dans un tramway, restée longtemps assise sur une banquette en bois jusqu'au quartier désert du cimetière de Sankt Marx. Une stèle blanche ornée de lettres d'or et d'un angelot indiquait l'emplacement supposé de la fosse. Il n'y avait plus rien à voir, presque plus rien à éprouver.

J'aurais tellement voulu Le rencontrer, savoir quel homme Mozart avait vraiment été. Sa correspondance n'aidait pas à le savoir. D'une lettre à l'autre, Il n'était jamais le même. Avec son père, Il se présentait en jeune homme pieux qui allait bien à la messe et à confesse. Parfois, pourtant, Il s'oubliait, lui livrait une émotion qu'Il aurait dû lui taire. Mais la seule constante, en plus de la musique, était sa fantaisie qui jaillissait de toute part, dès ses premiers post-scriptum destinés à sa sœur, où Il signait de son nom et d'une date à l'envers, « gnagflow Trazom, enneiv el 12 tûoa 3771 ». La fantaisie résistait même à la douleur, lorsqu'Il annonçait à son père la mort de sa mère à Paris, il concluait : « Je voulais vous demander de faire dire une sainte messe à Maria Plain et à Loreto – et viens de le faire. » C'est donc à cause de leur sérieux inhabituel que ses derniers billets, adressés à Constanze durant l'été qui précéda sa mort, étaient aussi bouleversants. Il lui écrivait chaque jour, à Baden, où elle prenait les eaux en compagnie de Franz Xaver Süßmayer, l'élève qui achèvera le Requiem – et qui Le supplantait peut-être au lit. Constanze paraissait trop occupée pour répondre aux messages quotidiens de son mari. Mozart lui écrivait, le 11 juin 1791, « J'aurais pu vous posséder, ma chère, tout ce dimanche. [...]. Je ne peux te dire ce que je donnerais pour être à Baden avec toi au lieu de rester ici. Par pur ennui, j'ai composé aujourd'hui un air pour l'opéra [*La Flûte enchantée*] – je me suis levé dès 4 heures et demie. » Le 12 juin, « Très chère, excellente petite femme, Pourquoi n'ai-je pas reçu de lettre hier soir ? [...] – La journée d'hier en a été gâtée. » Le 25 juin, « Ma très chère épouse, Je reçois à l'instant ta lettre qui m'a procuré un plaisir extraordinaire ». Le 2 juillet, « J'attends avec grande impatience de tes nouvelles [...] ! » Au fil des jours, l'angoisse devenait patente, elle culminait le 7 juillet dans la prémonition d'une suite funeste, « Je ne souhaite, maintenant, rien de plus que de régler mes affaires pour pouvoir être à nouveau près de toi ; tu ne peux imaginer combien tout ce temps m'a paru long, loin de toi ! – je ne peux t'expliquer mes sentiments, c'est un certain vide – qui me fait bien mal – une certaine langueur jamais satisfaite et qui, par suite, ne s'apaise jamais – qui perdure sans cesse et croît même de jour en jour [...]. Même mon travail ne me charme plus, car j'étais habitué à m'arrêter de temps en temps pour échanger quelques mots avec toi, et ce plaisir est maintenant impossible – si je me mets au piano et chante quelque chose de l'opéra, je dois tout de suite m'arrêter – cela m'émeut trop. [...] » Lorsque je lisais ces lignes, à quatorze ans, à vingt ans, cela m'émouvait trop, moi aussi. Cela m'émeut encore. N'aurait-Il pas vécu s'Il avait été mieux aimé ?

À cette époque, je conservais tous les articles que je pouvais trouver au sujet du « crâne de Mozart ». Le fossoyeur qui avait enterré Wolfgang aurait retrouvé son crâne dix ans plus tard, lors d'un remembrement du cimetière. Ces articles semblaient en confirmer l'authenticité. J'aurais tant aimé voir et toucher ce crâne. Mais un jour de 2006, à l'occasion du 250e anniversaire de la naissance de Wolfgang, de nouvelles recherches ont été entamées. La tombe de Leopold et d'autres membres de la famille, dans le joli cimetière de Sankt Sebastian, jaune, aux arches de monastère napolitain, a été ouverte. Les ossements analysés. Et le crâne révélé pour ainsi dire *apocryphe*. J'aurais tellement voulu y croire. Comme j'avais aimé croire au mystère du Requiem inachevé, commandé, selon la légende, par un inconnu dont Mozart aurait dit qu'il s'agissait d'un envoyé de l'au-delà Lui faisant composer sa propre messe funèbre. Pourtant je savais bien qu'en vérité Mozart connaissait le comte von Walsegg, un franc-maçon comme Lui, un riche mélomane qui faisait composer à des musiciens, qu'il maintenait dans le silence en leur offrant des fortunes, des œuvres dont il prétendait qu'elles étaient les siennes. Le comte von Walsegg venait de perdre sa jeune épouse et voulait lui dédier un requiem de « sa » composition. J'aimais imaginer les scènes lugubres où le prétendu inconnu, vêtu de noir, frappait le soir à la porte des Mozart pour demander où en était sa commande, et du même coup les progrès de la mort dans le corps de Wolfgang. C'est dans la nuit du 4 au 5 décembre qu'elle survient. Le lendemain, Constanze brise malencontreusement le masque mortuaire, seul vestige qui aurait pu demeurer du visage de son mari.

Une question m'obsédait et, derrière elle, cette idée insensée d'atténuer ce qui nous séparait, de nous tendre les mains, de parvenir à nous effleurer, de faire que nos chemins se croisent : jusqu'où, aujourd'hui, la science aurait-elle pu sauver Mozart ? Combien d'heures avant sa mort aurait-elle pu encore Lui éviter la mort ? Idée insensée d'une trajectoire dans le temps, de perfusions qui réinsufflent la vie, de sang qu'on purifie. Mozart, selon toute vraisemblance, épuisé de travail, se serait empoisonné avec des remèdes par lesquels Il espérait se fortifier.

Dernières images : à son chevet, des amis, des chanteurs qui entonnent avec Lui le Lacrimosa et le Dies irae. Faiblement, Mozart tente de chanter puis éclate en sanglots sur le Confutatis maledictis, notes qui hurlent la peur. Sa main tremble. La vie s'écoule de Lui mesure après mesure. Je rejouais dans ma tête ce moment, et chaque fois, comme s'il avait été à ma portée de Le sauver, nous nous tendions les bras, je L'attirais jusqu'à moi. Je L'attirais au présent.

Un jour, je vous ai dit que votre Qui tollis était trop véhément. Je l'avais écouté toute une nuit dans l'avion qui me ramenait de New York, juste avant notre première rencontre dans les jardins de Sainte-Anne. Vous m'avez répondu que je me trompais, que ce n'était pas une interprétation que vous en faisiez, que vous suiviez simplement la musique, ce que disait la musique. Vous avez rétorqué que le Qui tollis, cet agneau de Dieu qui retire les péchés, était une phrase obsessionnelle, comme celles des fous de Sainte-Anne. Vous avez dit, *Je ne l'ai pas inventé, la musique parle d'elle-même.* Et vous avez ajouté, *Mozart n'a pas besoin de nous, les chefs, il n'a pas besoin de nous pour vivre.* Et ce jour-là, je vous ai répondu que c'était vous qui vous trompiez. Que désormais, pour moi, c'était par vous qu'Il revivait.

Je n'en avais jamais été si proche que depuis que je vous connaissais, dans une proximité où la hantise cédait sa place à la musique. Depuis qu'à travers vous je m'étais mise à écrire, à entrer de plain-pied dans ma vie.

f

Vous venez de partir pour l'Opéra. Je suis encore nue lorsque j'ouvre une partition posée sur le bureau. Les portées se superposent, vos commentaires sont écrits au crayon rouge, en anglais, « Attention entrée ici », « En retard », une mesure est entourée. J'ai l'impression de forcer une porte donnant sur un espace qui ne m'appartient pas, d'entrer par effraction dans un journal intime. Pourtant, c'est aussi là le plaisir : pénétrer dans ce qui n'appartient qu'à vous. Mes larmes affleurent, tendres et âpres. Vous êtes un rêve que j'ai eu autrefois. J'enfile la robe choisie par vous, et je ne sais pas pourquoi, mes mains deviennent humides, mon souffle court. Vous me téléphonez depuis votre loge et cela me surprend. Vous paraissez inquiet, comme si c'était vous, maintenant, qui aviez peur que je ne disparaisse. Sur les marches du petit théâtre vert et blanc qui venait d'être inauguré lorsque Mozart y donna pour la première fois *Don Giovanni*, des gens arrivent en costume et robe longue. Je souris à cette pensée : personne ne peut soupçonner que je suis celle avec qui vous dormirez ce soir. Je m'assois sous les dorures somptueuses, dans le velours des sièges, au huitième rang, dans le parterre face à la fosse. Près de vous. Les musiciens s'installent, il y a ce brouhaha du début, le son des instruments qu'on accorde, le *la* donné par le premier violon, toute cette tension d'avant le spectacle qui contribue au plaisir, toutes ces sonorités étranges et la lumière qui se tamise. Des gens toussent et remuent. Soudain c'est le silence. Et puis c'est VOUS sous les applaudissements. VOUS dans votre gilet blanc. Ma mâchoire se contracte. Je suis tendue pour vous, même si vous faites une révérence, bras grands ouverts dans la lumière et que vous semblez parfaitement à votre aise. Vous souriez. Vous êtes éblouissant.

Ce sont les deux premiers accords. Ceux qui emplissent l'espace de cris et de pleurs. La terreur de la fin comme une prémonition. Les battements de cœur dans le silence qui effraie plus que les sons. La mort qui emporte l'impie dans le mouvement des cordes. Puis le ciel dégagé, la légèreté dansante, l'envie d'aimer et de plaire. Je m'agrippe à mon siège. Comme en avion lorsque parfois j'ai peur. Pour que tout tienne et pour que ça ne tombe pas. La musique ne me porte pas, je vous regarde, presque tétanisée. Si vous faisiez un mauvais geste, un mauvais pas ? Tout à coup, celui qu'on regarde de loin, qu'on applaudit et dont on croit qu'il ne peut pas faillir, c'est VOUS. Voilà pourquoi j'ai peur. Vous si homme, quelques instants plus tôt, nu dans votre valise. Maintenant vous dansez, vous chantez, vous souriez, vous bougez avec grâce. Vous êtes stellaire, vous irradiez. Je voudrais que cet instant ne se termine jamais et être déjà dans vos bras.

Maintenant Don Giovanni se bat contre le Commandeur, un duel sur des rythmes aussi tranchants que leurs épées. La musique entre en moi. Je vous oublie peu à peu dans ce duo où s'éteint le vieillard, puis dans l'effroi de sa fille, Donna Anna, qui découvre le cadavre du *Caro mio Padre*, mort pour avoir voulu la protéger. Ses cris de déchirement, *Spettacolo funesto agli occhi miei!* L'horreur devant ses yeux. Les miens restent rivés sur vous, même lorsque je me laisse enfin couler dans le plaisir des voix. Mes yeux happés par vous, par votre corps qui se meut dans la fosse, votre corps à l'intérieur duquel je voudrais disparaître.

Leporello déroule son catalogue. Les 1 003 femmes séduites par son maître en Espagne. Vous souvenez-vous du jour où, pour me rassurer, vous m'aviez dit que vous auriez voulu n'en avoir aimé qu'une ?

Don Giovanni poursuit sa quête incessante et sensuelle en Sisyphe de l'amour. Ses yeux se posent sur Zerlina, qui le jour même de son mariage se laisse porter par les paroles du séducteur. Est-il possible de n'aimer qu'un seul homme ?

Jamais la légèreté n'a été si profonde, la tragédie si aérienne et si sublime.

Qui suis-je, que suis-je dans votre vie ? L'objet d'un désir passager ? Une femme dont vous direz un jour que vous l'avez aimée ? Est-il possible de n'aimer qu'une seule femme ?

Je vous vois diriger et c'est la première fois. Jamais plus cette émotion ne se reproduira. Jamais plus ce moment n'existera encore. Et cette conscience aiguë de la finitude appuie sur ma poitrine comme le doigt froid de la mort. Don Giovanni fléchit sous la poigne du spectre qui le pousse vers l'enfer. J'aimerais que cette nuit n'en finisse pas. Vous regarder infiniment dans la musique. Pourtant votre Don Giovanni expire. Une dernière danse de joie vient célébrer la liberté retrouvée après la mort du tyran sacrilège. Et la fin s'achemine. J'entends dans ma mémoire la phrase que vous aviez prononcée un soir d'été au téléphone, *Je vous prendrai tout contre moi, encore en sueur de Don Giovanni.* Vous m'aviez dit cela de votre voix lente et brûlante. Et ce moment est sur le point d'entrer dans le présent.

Le rideau tombe. Vous montez sur la scène. On vous acclame. Les gens se lèvent pour applaudir. Derrière moi un jeune homme lance en anglais un *Bravo Sir!* Plus que quelques minutes nous séparent de notre nuit. Dans l'entrée des musiciens, où vous m'avez demandé de vous rejoindre, vous êtes de dos, dans votre chemise blanche à col cassé, vous avez retiré votre queue-de-pie, je prononce votre prénom, vous vous retournez, vous prononcez le mien en le faisant durer longtemps, en me souriant d'un sourire éreinté. Une file de gens vous attend, vous assaille en criant *Maestro!*, *Maestro!*, vous tendant des photos à signer. J'ai envie de rire de nouveau : dans des mains d'inconnus, celle du jardin du Kent. Vous me regardez d'un air de connivence, accablé, accaparé par vos admirateurs. Je me retourne pour ne pas voir, pour ne pas rire, d'admiration et de moquerie tout à la fois, et puis au bout d'un long moment je sens votre main dans mon dos, vous me poussez derrière une porte, m'entraînez dans un couloir, vers une grande pièce éclairée aux néons, votre loge. Là vous tombez dans un fauteuil. Votre chemise collée à votre corps. Je passe la langue sur votre front mouillé, vos tempes, battantes et ruisselantes. Vous me regardez. Vous êtes si fatigué que vous n'arrivez plus à me sourire, on dirait que vous allez disparaître, englouti par ce fauteuil de cuir. Vous enlevez vos chaussures vernies. J'entre dedans, fais le tour de la pièce d'un pas pesant. Puis je me laisse tomber sur vous, bras grands ouverts. Vous me serrez. J'aime être dans vos bras et marcher dans vos pas. *Alors, qu'en avez-vous pensé?* Vous m'écoutez, vous approuvez, me parlez des chanteurs, de l'orchestre, vous me chantez et m'expliquez un air. Vos yeux s'animent, dans un mouvement rapide vos sourcils se relèvent, ils expriment l'intensité et la beauté de la musique. Je suis assise sur vos genoux et je me fonds en vous.

Depuis longtemps les spectateurs sont partis quand nous quittons la loge et marchons côte à côte dans une rue vide à la recherche d'un taxi. Nous sommes seuls. Je porte dans sa housse votre costume de scène. Vous ne me regardez pas mais tout à coup vous dites, *Je suis heureux que vous soyez là*. Je ne réponds rien, je vous prends par la main. De retour à l'hôtel, je m'allonge habillée sur le lit. Notre lit. Vous êtes assis en face de moi, traits tirés, près de la table basse. Nous parlons doucement puis tout à coup vous vous levez, éteignez les lumières, vous étendez sur moi.

Vous me demandez en m'étreignant, en criant presque, en gémissant comme si cela venait des tréfonds de votre être, comme si vous alliez en pleurer, *Est-ce qu'il y aura d'autres jours, Cécile, d'autres nuits ?* Je vous promets, *Oui d'autres nuits, d'autres jours.* Tout est si calme autour de nous, tout est silence hors vos mots qui m'imprègnent, votre saveur, votre sueur qui se répand dans tous mes pores, votre suc qui m'envahit, m'emplit de vous. Je vous supplie, *Ne disparaissez plus.* Vous répondez en soupirant, *Si vous saviez...* Et nos visages se frôlent, et vos yeux entrent en moi quand vous me dites, *Si vous saviez combien je pense encore à vous lorsque je disparais.*

Le matin, il fait à peine jour, vous murmurez, *Ouvrez-moi vos jambes, ouvrez-moi votre cœur !* Et je réponds qu'il y a déjà des siècles que je vous appartiens. J'enfouis ma tête dans votre cou. Votre peau est humide de mes larmes. Je vous respire, votre visage se transfigure. Mes membres se relâchent, mes muscles s'abandonnent. Le plaisir monte en nous lentement, posément. Je voudrais qu'il n'arrête jamais son lent chemin en nous, que ce soit ça, mourir, ce battement d'aile interminable, cette ascension sans fin lorsque vous m'enlacez.

Nous nous regardons. Nous savons qu'il est l'heure : une autre ville vous attend, attend votre musique. Vous m'enfermez entre vos bras, vous dites, *Je vous désire encore ! Levons-nous, lavez-moi !* Je vous suis vers la salle de bains. J'entre dans la baignoire. Debout je fais couler une eau brûlante. Vous vous collez contre mon corps. Je savonne votre poitrine, vous savonnez mes épaules, délicatement, amoureusement, mon visage, vos cheveux. Je m'agenouille à vos pieds, je les lave avec soin et vous vous laissez faire. Je frotte mon ventre le long de vos tibias, pleine du désir de vous sentir encore. Vous regardez mes mains mousseuses remonter vers vos cuisses, vers le sombre bosquet qui m'attire. Vos bras glissent sur mon dos. Je saisis votre sexe. Rose et lisse et dressé, plus encore sous mes doigts resserrés. Votre regard est d'une puissante tendresse quand sous ma langue la saveur douce-amère du savon se mêle à la moiteur salée. Vous dites, *Envie d'exulter avec vous, pour vous, par vous.* Je me hisse aussitôt vers vos lèvres qui s'ouvrent pour un long baiser. Il est tard et vous devez partir, mais d'un geste affirmé, d'un geste d'amant, vous me soulevez. Il me semble pourtant que c'est moi qui vous porte, dans mon ventre, pour vous, par vous soudain devenu immense. Nous nous diluons, nous nous contenons l'un l'autre.

Au lieu de votre peau, c'est maintenant l'étoffe de la chemise à frais carreaux bleu pâle que je sens sous mes paumes. Et vos cheveux encore humides plaqués contre mon front, vos lèvres une dernière fois. Je regarde vos valises, bouclées devant la porte. Je comprends que votre vie n'est faite que de départs, que nos rencontres seront en pointillé, marquées par les adieux, même si je les voudrais comme une basse continue, ponctuée uniquement de points d'orgue. Vous me serrez avant de vous éloigner dans le couloir que j'avais traversé hier le cœur battant. La chambre est vide. Tout est silence maintenant. Le gilet blanc a disparu.

f

Une femme avance dans une église. Elle tient entre ses mains une urne. À l'intérieur, il y a un corps de cendres, mon corps de tout temps. La femme est habillée de noir, son visage dans un voile. Elle chante une sorte de cantique, elle semble avoir compris que je ne suis pas tout à fait morte. Il est très tôt. Il n'y a personne autour de nous, la femme sort de l'église, elle marche dans les rues désertes, l'urne sous ses doigts bleuis par le froid du matin. Elle va à pas pressés vers la rivière, jusqu'au milieu d'un pont. Derrière elle, les montagnes. Devant, les arbres déjà verts et les églises aux toits cuivrés. Au-dessous, l'eau est lourde des neiges à peine fondues. La femme se penche contre le parapet et je redoute la chute. Les cendres tombent et se répandent comme une pluie scintillante. Soudain je suis dans l'eau. Je suis un corps. Je nage longtemps jusqu'à la rive. Mon corps est nu et jeune. Je ne suis pas une adulte mais je ne suis plus une enfant. Je m'agrippe aux rochers pour atteindre la berge. Mes membres sont pleins de vigueur et ils n'ont aucun mal à me hisser hors de l'eau. Vous vous tenez devant moi, vous ouvrez grands les bras et m'entourez d'un linge que vous frottez pour réchauffer mon corps. Une musique tombe comme une averse. C'est une musique que je connais sans l'avoir jamais entendue. Un homme s'approche de nous. Il flotte dans une lumière éblouissante. Son visage m'est familier mais je ne me rappelle pas son nom. Pourtant je le connais et vous aussi. Il se glisse entre nous et nous prend par la main. Il dit que c'est enfin arrivé. *Die Gnade.* La Grâce est enfin arrivée. Nous nous tenons tous les trois côte à côte, et soudain, nous ne formons plus qu'un corps. De ce corps lumineux jaillit un rire. Le rire de mon enfance.

Je me réveille en sursaut. Il est cinq heures du matin, je palpe les draps. Je sens le vide à votre place. La conscience aussitôt me revient que je suis à Paris, à peine rentrée de Prague, que vous êtes loin de moi. Votre corps que j'ai aimé, caressé, embrassé, votre corps que j'ai lavé, humé, cajolé comme celui d'un enfant, ce corps a disparu. Et je me laisse glisser dans la chaleur humide des larmes.

Quelques instants plus tard, pieds nus sur le parquet, je fais bouillir de l'eau. Je m'assois à ma table. Derrière la haute fenêtre, c'est le silence et la nuit qui s'étire. Je bois lentement le thé, prends un étrange plaisir à me brûler les lèvres, comme si cette douleur-là me distrayait d'une autre. Mais elle n'atténue pas l'oscillation qui me conduit de l'euphorie à la douleur. Alors je me mets à écrire. J'écris *cela*, j'écris ce qui à travers vous a ressurgi. Tout ce temps… Il m'a fallu vous attendre tout ce temps pour que *cela* revienne, pour que *cela* rejaillisse tout à coup. Et je repense au mort dont j'écoute sans répit depuis hier les deux mêmes concertos pour piano récemment découverts à Salzbourg. Je les écoute comme les fous de Sainte-Anne, me diriez-vous. Je pense à vous. Au mort du rêve. Au manque et à la plénitude.

Après votre départ, à Prague, je suis restée longtemps dans la chambre d'hôtel à regarder le vide, à flairer ce qui restait encore de vous, de votre odeur, à repenser à la nuit qui n'a été pour moi qu'une semi-veille où je vous désirais, où je sentais votre main reposer fermement sur ma hanche dans votre lourd sommeil, votre ventre moulé à mon dos. Sur le matin, je me suis éloignée de votre corps car je souffrais de vous désirer alors que vous dormiez. Après votre départ, je me suis habillée, je suis sortie et mes pas m'ont portée, béate et douloureuse, vers l'Opéra où nous étions la veille. Sur le fronton, il y avait encore votre nom sous celui de Mozart en lettres gigantesques. Vos deux noms réunis. Et j'ai pensé, *Celui de mon amant et celui de mon mort*. J'ai erré quelque temps dans la ville, sans véritable but, pour éprouver mon corps en mouvement, pour percevoir le balancement de mes muscles, pour écouter le son de mes pas sur le pavé. Je souriais seule en repensant à ces instants de lumière, à vos cils caressant les miens, à votre souffle dans mon souffle. Et je pleurais dans mon sourire. Puis à l'aéroport, en attendant l'avion qui allait me ramener vers Paris, j'ai allumé l'ordinateur, j'ai noté chaque instant avec vous, chaque geste, chaque regard afin de ne pas les oublier, de ne rien en perdre, de ne rien laisser mourir. Et je me suis souvenue de ce que j'avais pensé lors de notre première rencontre : que j'aimais vos baisers, votre regard et le parfum de votre peau. Mon téléphone a vibré. Vous veniez d'arriver dans une ville où d'autres gens vous attendaient, dans la lumière et les applaudissements. Vous m'écriviez : *J'ai TOUT aimé de VOUS*.

Ce matin, assise à ma table, encore imprégnée du rêve où vous et Lui et moi ne formions plus qu'un corps, j'écris.

J'écris pour ne pas perdre ce bonheur. J'écris et soudain les cloches sonnent. Il n'est que sept heures du matin. L'hiver arrive et le jour point à peine. Dans le ciel, une lumière rose. J'en contemple un moment la beauté écumeuse. Le rose du ciel. Les cloches continuent de tinter. Cela prend un temps fou avant que je ne comprenne : je me lève, je saisis le téléphone. Et dans le silence qui précède les premiers mots, dans l'instant qui précède les paroles, je sens, je sais que votre voix va résonner.

CADENCE

J'étais dans la voiture avec papa, je conduisais. C'était un dimanche soir du début du printemps. La campagne frissonnait, les arbres en bourgeons défilaient par la fenêtre tandis que la nuit tombait doucement. Papa avait mis la radio comme autrefois lorsque j'étais petite fille et que nous partions tous les deux chaque matin à l'école. Le présentateur a annoncé que nous venions d'entendre un quatuor de Haydn. Longtemps je me suis dit qu'Haydn ressemblait à un Mozart inanimé. À un Mozart qui n'aurait pas connu de passions. Et certainement, vous m'auriez donné tort. Aussitôt j'ai pensé que nous approchions une fois encore de ces deux dates que je n'oublie jamais : celle du jour où nous avons parlé la première fois ; celle de notre baiser dans les jardins de Sainte-Anne.

J'étais heureuse malgré la pluie qui battait le pare-brise. Je rentrais d'un week-end dans la maison d'où l'on entend encore le roucoulement des tourterelles, où maman avait fait la cuisine et allumé un grand feu de cheminée, et où j'ai osé rouvrir, après toutes ces années, le couvercle du piano, pour laisser promener malhabilement mes doigts sur le clavier. Dans la voiture, papa m'a dit qu'il m'accompagnerait jusqu'au quai pour m'aider à porter les provisions et les fleurs que maman m'avait données. Et j'ai souri en pensant à ce quai où passait le train qui m'emmenait à Paris, autrefois, lorsque j'avais douze ans et que je voulais chanter.

Nous nous taisions maintenant. À la radio, le présentateur a annoncé l'invité de la soirée. Un extrait de *Verklärte Nacht*. La nuit éclairée, la nuit transfigurée, l'ample violence de la passion, une femme rejoignant son amant dans une forêt obscure. Je roulais en ligne droite, je roulais sur cette longue route bordée d'arbres où tout se décomposait, où tout devenait très lent, irréel, alors que la voiture avalait, dévorait la forêt.

VOUS.

Votre voix résonnait à la radio, tellement inattendue qu'elle en devenait spectrale. Pourtant toujours aussi vivante, aussi brûlante en moi. Elle m'évoquait nos ardentes retrouvailles, vos déchirants départs, vos longues, toujours trop longues absences.

Et aussitôt j'ai su que cette musique, vous me la destiniez.

Combien de fois étiez-vous déjà venu me voir dans mon petit appartement ? Combien de fois nous étions-nous déjà retrouvés dans des villes étrangères ? Jamais la force, la fulgurance ne nous ont désertés. Nous l'avions ressenti dès nos premières paroles, que cela ne ferait jamais partie du temps, que cela resterait pour toujours un battement, une sorte de cadence, comme dans les concertos d'autrefois où les compositeurs n'indiquaient qu'un point d'orgue sur leurs partitions, là où ils attendaient que l'interprète exprime sa liberté, toute sa virtuosité. Et c'est ainsi que je vivais ces moments avec vous, en me disant qu'il fallait s'engouffrer dans ce temps hors du temps, jouer en virtuoses notre passion.

Vous sembliez joyeux le jour où je vous avais tendu les pages. Depuis des mois, j'écrivais cette histoire. La nôtre et celle du mort. Le vôtre, le nôtre, celui de tous les autres. Ç'avait été pour moi comme un salut, ces mots qui s'étaient précipités, qui avaient rempli vos longs silences. Sans eux j'aurais sombré sans doute, je me serais engouffrée dans une nuit sans lueur. Nous étions allongés ce jour-là, vous et moi, sur mon lit, enlacés. Votre visage à demi enfoui dans l'oreiller, votre bouche abandonnée à mes baisers, vous me serriez. Soudain vos mots étaient revenus, *Si vous… si je… si vous étiez enceinte… ?* Ce n'était pas la première fois, je connaissais vos peurs. Je vous avais regardé, vous avais répondu que certainement j'étais trop vieille. Vous n'étiez pas d'accord. D'un mouvement brusque je m'étais hissée sur un coude, je m'étais éloignée de vos lèvres, tête posée dans ma main je vous observais, mon corps toujours le long du vôtre, je vous souriais, vous rassurais. Cela ne se pouvait pas. Je le savais, je vous avais dit :

— Vous m'avez fait un livre.

Votre regard s'était aussitôt animé.

— Vous m'avez fait un livre… C'est déjà un enfant…

Un long silence. Puis vous m'aviez demandé :

— Comment est-ce qu'il s'appelle ?

— Qui ? L'enfant, le livre ?

— Oui, comment est-ce que nous l'appellerons ?

— Je ne sais pas… Amédée ?

Nous avions ri d'un même élan. J'avais quitté le lit, nue devant la fenêtre où vous m'aviez embrassée le premier jour. J'avais pris sur mon bureau la pile de feuilles imprimées le matin même, glissées pour vous dans une enveloppe, et je vous les avais tendues.

— Vous les lirez ?

— Je les lirai. Je vous dirai. Je ne sais pas quand, mais je vous dirai, Cécile. Je ne sais pas trop où nous allons. Vous êtes plus douée que moi pour les histoires… Mais il y aura une suite. Encore, encore…

Cette fois-là, avant de me quitter, vous m'aviez serrée fort, plus fort que toutes les autres fois, vous m'aviez demandé pourquoi il en était ainsi de nous, pourquoi nos émotions ne s'apaisaient pas. Nos sentiments semblaient croître au contraire. Vous vous teniez devant la porte, face au grand escalier. Je vous regardais. Je vous avais remercié. Vous m'aviez demandé pourquoi.

— Parce que avec vous je suis sortie de ma nuit…

Vous aviez rétorqué :

— Mais vous en serez toujours ma Reine !

Sous votre direction, les quatre premières notes, longues blanches profondes de l'alto et du violoncelle, ont vibré dans la voiture. Nous nous l'étions promis, et pourtant, jamais encore nous ne les avions écoutées ensemble, vous et moi, ces quatre notes qui résonnaient maintenant. Soudain elles étaient là, sombres et belles, inquiétantes, vous me les offriez dans cette forêt, sur cette petite radio qui grésillait. Je me suis mise à trembler. Je me souvenais assez vaguement des premiers vers du poème dont Schönberg, alors amoureux, s'était inspiré pour composer son œuvre. Je les avais relus plus tard :

Deux personnes vont dans le bois nu et froid ;
la lune les accompagne, ils la regardent.
La lune passe au-dessus des hauts chênes,
pas un nuage ne trouble la lumière céleste
vers laquelle tendent les cimes noires.

Mes mains ont serré le volant. J'aurais aimé pouvoir contenir la joie et la douleur brutales qui explosaient seconde après seconde à l'intérieur de ma poitrine. J'ai senti les larmes sur mes lèvres, leur goût salé qui rappelait l'enfance.

Les notes ombreuses sont devenues plus claires, aiguës, presque aériennes dans le dernier, radieux accord. J'ai senti le regard de papa. En pleine forêt, j'ai ralenti, arrêté la voiture sur le bas-côté. Et je lui ai tout dit. La douleur de l'enfance, Mozart, votre rencontre, le départ de Tristam, votre présence, parfois lointaine, parfois intime, toute cette histoire que je venais d'écrire et qu'il lirait peut-être un jour. Lorsque je me suis tue, papa s'est approché de moi. Il a entouré mes épaules de ses bras, il m'a serrée très fort et je suis restée là longtemps, contre cet homme qui avait été le premier à m'aimer, baignée dans l'éloquent, le lumineux silence qui prolongeait votre musique.

DA CAPO

La porte est entrouverte, j'en ressens une légère anxiété, une délicieuse impatience émanant de mon ventre, accentuée par les huit heures d'avion, le décalage horaire. Je pénètre dans l'appartement. Tout au fond du couloir, immobile face à moi, tu m'attends. J'observe ton visage, ta silhouette que je n'ai pas vus depuis de longues semaines, ce printemps, un printemps froid de ville du Nord où tu as dirigé et où je suis venue te retrouver. Plusieurs jours d'affilée nous avons vécu, toi et moi, confinés dans une chambre d'hôtel, lovés ensemble dans le grand lit, parlant et travaillant, ne nous quittant que lors de tes répétitions. Le soir très tard, je te regardais, assis à ton bureau, diriger d'une seule main, dans des gestes réduits, nu sur ta chaise après m'avoir aimée, tes paupières lourdes de sommeil devant des partitions que tu annotais de rouge, répétant un passage rythmiquement difficile, martelant à voix basse des *takatakata*, une œuvre que je ne connaissais pas et que je découvrais à travers toi, moi t'imitant, me moquant, toi levant la tête en me disant que personne ne te voyait d'ordinaire travailler, que c'était chose infiniment intime, moi rétorquant que je n'étais pas personne. J'étais devenue la femme que tu aimais. Après le concert, tu m'avais demandé si j'avais ri en entendant le passage en question. Oui, j'avais ri, depuis la salle où tu étais soudain devenu inapprochable, au milieu des gens venus pour t'écouter et t'applaudir, j'avais souri en me remémorant la scène. J'avais pleuré aussi en entendant le mouvement lent de ce même concerto, et dont tu m'avais dit qu'il fallait l'écouter avec grande attention car il était d'une grâce infinie. J'avais songé à cette intimité, nouée si lentement entre nous, mois après mois, année après année, malgré les longs interstices de silence qui séparaient encore souvent nos vies.

Tu ne me dis rien. Tu m'attends. J'avance dans ce couloir interminable. Tes bras sont déjà grands ouverts. Quand ma poitrine atteint la tienne tu refermes l'étreinte. Immédiatement nos corps s'aimantent, s'animent. Tu me soulèves sans prononcer un mot, me déposes sur le sofa du salon. Je contemple un bref instant la vue depuis le 27e étage, la forêt de gratte-ciel scintillants, embrasés dans la nuit. Puis mon regard se tourne vers la table basse : un bouquet de roses, tes partitions. Depuis la rue nous parviennent, assourdis, les hurlements de la ville, toute la tonalité familière de New York. Être là m'est toujours aussi naturel que parfaitement étrange. Tu caresses mon visage, tu dis que nous avons tout notre temps. Puis tu sors de la pièce et tu réapparais en me tendant un verre.

— À toi, à nous…

Tu souris tendrement. Nous savourons une gorgée fraîche. Tu te lèves à nouveau, tu fouilles au fond d'une des poches de ton jean. Tu en sors une boîte ancienne, en velours vert, dont la trame est usée au point d'en être partiellement blanchie. Tu la poses sur la table, reprends aussitôt le fil de la conversation, comme si ce geste n'avait pas d'importance. Tu dis :

— C'est drôle, la nuit dernière j'ai rêvé de toi.

— Et c'était un beau rêve ?

— Oui beau, troublant aussi. Je me pressais contre ton corps. Tout était lumineux autour de nous. Puis tout à coup je ne savais plus si j'avais le droit de te toucher…

— Pourquoi ?

— Parce que tu étais aussi ma mère, ma sœur et mon enfant.

— *Mon enfant, ma sœur…*

— Oui, c'est ça… C'était tout à fait ça.

— Et il finissait bien, ce rêve ?

— Il finissait très bien…

Tu m'embrasses en me mordant la lèvre comme pour me l'assurer, puis tu avances vers un meuble devant lequel tu te penches. Aussitôt montent les longues blanches mystérieuses que nous n'avions encore jamais écoutées ensemble.

Une voix d'homme dit :
Ô vois comme le monde entier resplendit !
Une clarté baigne tout ici,
tu flottes avec moi sur une mer froide,

et pourtant une chaleur vibre
de toi à moi et de moi à toi ;
tu as mis du soleil en moi,
de moi tu as fait un enfant.

Il étreint ses fortes hanches,
leurs souffles se mêlent dans les airs,
deux êtres vont dans la nuit vaste et claire.

Tu m'attires contre toi. Tu dis très bas, au creux de mon oreille :

— Prends la boîte !

Ta voix pénètre en moi, mêlée à la musique. J'ouvre le minuscule fermoir, soulève délicatement le couvercle en velours, soyeux et élimé. Tout est blanc tout à coup. D'une blancheur aveuglante sortie des siècles des siècles. Mes mains tremblantes cherchent à tâtons l'objet que je devine, posé au milieu du satin. Les contours d'un médaillon se dessinent peu à peu. L'or rose et ciselé sertissant un verre fragile derrière lequel s'enroule une fine mèche de cheveux. Une mèche châtain, mêlée de gris, d'une couleur estompée par le temps. Dessous, une inscription en lettres brunes, penchées : des initiales à nulles autres pareilles.

Je lève les yeux vers toi, incrédule et submergée d'espoir.

— C'est… ?

— Oui… pour toi.

Ton regard est calme et comblé. Nous nous tenons l'un contre l'autre, muets, dans la béatitude de la musique et la relique pressée contre mon cœur. Je comprends maintenant que toute musique est toujours un peu Lui : dans celle d'un autre je reconnais encore le Lux aeterna. Tu m'as donné enfin envie de tout entendre et de tout écouter.

De ton corps tu me pousses plus près de la fenêtre. Dans le ciel, la lune est d'une rondeur parfaite, d'une douceur irradiante.

— Regarde, Cécile, regarde…

Je vois tes yeux humides et le ciel derrière eux. Tendrement, ta main s'est posée sur mon ventre.

— Oui, je vois. C'est une nuit éclairée.

REMERCIEMENTS

Je tiens tout d'abord à remercier chaleureusement Isabelle Gallimard pour la confiance qu'elle m'accorde et pour cet aboutissement tant attendu. Je suis heureuse que ce soit elle qui me l'offre.

Merci de tout cœur à Serge Doubrovsky, le professeur puis l'ami, le premier à m'avoir encouragée à écrire.

Ma plus sincère gratitude à Laurence Tardieu, la bonne fée qui m'a guidée avec toute la douceur, la bienveillance et la générosité qui la caractérisent.

Merci bien sûr à Lise Schreier, mon inlassable lectrice, ma patiente conseillère, ma guitariste virtuose et pourvoyeuse de rires dans les moments de découragement. Ce livre lui doit énormément, tout comme à Mme W.A. Mamou, tendre traqueuse de répétitions. J'espère qu'ensemble nous aurons encore bien des étés productifs et festifs.

Merci, évidemment, à Corinne Delbec et Christine Marbot, mes deux fidèles acolytes depuis l'adolescence. Leur présence, leur écoute, leur lecture et relecture, leur soutien infatigable et leur amour sont un cadeau depuis trente années de lundis au soleil, et, je l'espère, pour encore bien des décennies.

Merci aussi aux Ginettes, avant tout à Aurélia Hirsinger et Agnès Sinelle, qui m'ont entourée de leur tendresse, de leur force et de leurs rires depuis nos débuts new-yorkais de la 10e Rue ; à Marion, Julien et Stéf pour leurs conseils, leur patience, leur humour, leur amitié. Et à la plus large famille des Ginettes, notamment à Roselyne Ainscough et aux autres « labellisé(e)s ».

Je remercie sincèrement Christine Valero pour son enthousiasme, sa patience, sa confiance et son aide, autant sur le plan professionnel que personnel. Je salue bien sûr l'équipe de Reid Hall et Columbia University in Paris, ma seconde maison, en particulier Brune Biebuyck et Susannah Mowris, mais toutes les autres se reconnaîtront aussi. Indirectement, leur fidélité m'a permis de mener à bien ce livre.

Je dois aussi beaucoup à Mr. T., mon Lopud Daft, mon fidèle ami, et à Ludovic Maisant, mon compagnon de voyages depuis de longues années : chacun, à votre façon, vous m'avez apporté énormément et m'apporterez encore.

Beaucoup d'autres m'ont accompagnée : Karine Dehaynin qui m'a aidée à ne jamais perdre le cap, Claudine Unterweger dont la porte salzbourgeoise m'est toujours ouverte, Marie-Hélène Carpentier dont la joie de vivre et les encouragements m'ont sans cesse ravivée, David Noël-Hudson qui m'a enseigné, petite fille, la musique, Eric Redlinger qui m'a fait franchir l'un des pas les plus décisifs de ma vie, JMR qui a été la lueur sur le chemin, mais aussi, et dans le désordre, Robert M, Keumar, Carine Moëllé, ma grande petite Jenna, SPS, Trazibule, le Dr Midnight et le Père Gaspère, le Séb, le Serge, l'Ultrapoga, le Chnun, Sonja Wong, Cornelia Oberegger, Massimiliano Spaliviero, Sharon Furman, Céline Huet, Cécile de Crécy, Evelyne Sicart, Guillaume Serina et Guillaume Looren, Inge Zechmann, Dina Schwartz, Claudie Bernard, Catherine de Lorgeril, Pascale de Gail-Athis, et bien d'autres encore... Merci également, pour leur professionnelle et amicale collaboration, à Jean-Michel Décimo et Isabelle Bryskier.

Enfin, je remercie mes parents pour leur amour sans limites et pour leur tendre dévouement. Vous m'avez appris la persévérance et le goût du travail. Ma reconnaissance est infinie. Ce livre est avant tout le vôtre. Merci à ma sœur Lucie, qui chaque année à Noël m'offre un petit carnet, signe discret et durable de son soutien, et à mon irremplaçable beau-frère Clément. Merci à Claude qui a été le premier à prévoir ce livre, il y a de très nombreuses années. Et à Brigitte, qui elle aussi, à sa façon, avait compris.

Je tiens à rendre hommage à ma grand-mère, Mado, qui nous a quittés le 4 août 2016, trop tôt pour que je puisse lui donner ce livre, mais dont je n'ai aucun doute qu'elle le « lira », autrement. Tout comme mon grand-père René et mes grands-parents maternels, Jacques et Jeanne.

Ouvrage composé par In-Folio, Paris.
Achevé d'imprimer
sur Roto-Page
par l'Imprimerie Floch
à Mayenne, en mars 2017.
Dépôt légal : mars 2017.
Numéro d'imprimeur : 90889.
ISBN 978-2-7152-4544-0 / Imprimé en France.

312912